KB075393

Ferdinand Oyono

Le Vieux Nègre et la Médaille

•

늙은 흑인과 훈장

창비세계문학

33

늙은 흑인과 훈장

페르디낭 오요노

심재중 옮김

창비

차례

•

늙은 흑인과 훈장

일러두기

1. 이 책은 Ferdinand Oyono, *Le Vieux Nègre et la Médaille*(Julliard 2005)를 번역저본으로 삼았다.

2. 본문 중의 각주는 옮긴이의 것이다.

3. 외국어는 되도록 현지 발음에 가깝게 표기하되, 우리말 표기가 굳어진 것은 관용을 따랐다.

아버지께.

1부

1

메카는 듬성듬성 하늘이 내비치는 썩은 라피아야자 지붕의 구멍 틈새로 스며들어 대개 그의 왼쪽 콧구멍 속으로 떨어지는 첫번째 햇살, 소위 '주님의 인사'보다 먼저 깨어 있었다.

메카는 거의 잠을 자지 못했다. 두 눈이 따끔거렸다. 만취한 다음날처럼 어깨뼈 위에 돌덩이처럼 느껴지는 묵지근함을 떨쳐내려 하품을 하고 기지개를 켰다. 그는 계속해서 코를 고는 아내가 원망스러웠다. 침상 밑, 낡은 실내화 속에 사령관의 소환장이 들어 있는데, 어쩌면 저렇게 세상모르고 잠만 잘 수 있단 말인가!

"켈라라!" 메카가 팔꿈치로 아내를 치며 을러댔다. "남편은 골치 아파 죽겠는데 당신은 그렇게 잠이 와?"

켈라라는 끄응 소리를 내며 벽 쪽으로 돌아누웠다.

메카가 아내의 어깨를 움켜잡았다.

"일어나라고! 난 골치 아파 죽겠는데 당신은 어떻게 잠을 잘 수 있어……! 올리브 동산 사도들처럼 물러터진 여자 같으니! 아침 일찍 내가 사령관 집에 가야 한다는 걸 알잖아. 기도하자고……! 성인호칭기도는 생략해, 늦으면 안되니까…… 성부의 이름으로……."

두사람은 등짐 신는 낙타들처럼 대나무 침상 옆에 무릎을 꿇고 노래하듯 단조로운 목소리로 기도를 했다.

메카가 마침내 "아멘" 하고 말했다. 그는 일어나서 빠뉴¹를 몸에 두르고 문으로 다가갔다.

"당신 지금 하려는 그 일," 아내가 말했다. "제발 조금만 더 멀리 가서 해요. 벌써 여기까지 냄새가 풍기네……"

메카는 집 뒤쪽으로 갔다. 쓰레기 더미를 피해 덤불 속으로 들어가 쭈그려앉았다. 근처에서 암퇘지 한마리가 그의 볼일이 끝나기를 조바심치며 기다리고 있었다.

메카는 아내 앞에서 이리저리 몸을 돌리고 또 돌려보았다. 카키색 저고리 단추를 채우고 살짝 양어깨를 추어올렸다. 그는 집 한가운데에 있는 말뚝으로 다가갔다. 말뚝에는 모자걸이 대용으로 쓰는 녹슨 대못이 비스듬히 박혀 있었다. 그는 거기 연기에 검게 그은 채 기운 턱끈으로 걸려 있는 낡은 코르크 챙모자를 엄숙하게 벗겨들었다. 바퀴벌레들과 새끼 지네 한마리가 모자에서 빠져나와 켈라라한테까지 기어갔고, 켈라라는 곡괭이 자루 같은 발뒤꿈치로 그놈들을 으깨어버렸다. 메카는 안을 살펴보고, 두드려보고, 한번 더 지긋이 바라본 다음에 모자를 머리에 얹었다. 그리고 턱끈을 턱에 걸어 나름의 멋을 완성했다.

---

1 허리에 두르는 간단한 옷.

"당신 아주 멋있어요." 아내가 말했다. "미국 목사 같네."

메카가 아내에게 미소를 지어 보이며 낡은 정어리 궤짝에 걸터 앉았다.

"먹을 것 좀 갖다줘. 빈속으로 백인을 만나러 갈 수는 없잖아."

아내가 전날 먹던 마니옥 접시와 땅콩죽을 가져왔다. 메카는 접시를 비우고 한 컵 가득 물을 마신 다음 자리에서 일어났다.

"명심해요." 아내가 충고했다. "백인 앞에서 또 벌컥 성질내지 마요. 이번 한번만이라도 나를 좀 불쌍하게 여겨줘요. 위병들한테 말대꾸하지도 말고요. 당신처럼 생각이 깊고 점잖은 사람한테도 거리낌 없이 함부로 대하는 작자들이니까……"

"입 꾹 다물고 있을게." 메카가 약속했다. "혹시라도 내가 안 돌아오면 신부님한테 가서 말해…… 어떻게 좀 해결해달라고. 신부님이 나한테 그 정도는 빚이 있으니까……"

메카는 집을 나섰다. 아내는 문 옆에 앉아 그의 모습이 마을 저쪽 끝에서 하얀 점이 될 때까지 눈길로 배웅했다.

메카가 일찍 일어난 것은 사는 마을이 시내에서 멀기 때문이 아니었다. 때때로 그는 크레브데네그르[2]에서 주사를 맞으러 시내에 가곤 했다. 그는 자기가 사는 마을인 둠에서 시내까지의 거리가 얼마인지 정확히 알지 못했다. 그는 그 거리를 유일한 중간 기착지인 마미 띠띠의 가게까지로 간주했다. 마미 띠띠는 바닷가 출신 여자였는데, 아르끼 술[3]을 빚는 기술이 타의 추종을 불허할 정도로 명성이 높았다. 원주민 구역에 있는 마미 띠띠의 가게에서부터는 이

---

2 '병원'을 가리킨다. 글자 그대로의 의미는 '흑인들의 감기'이다.
3 현지 원주민들의 술.

미 시내였다. 거기서 사령관 집무실까지는 가파른 언덕을 조금만 걸어올라가면 되는 거리였다.

메카는 지름길, 그러니까 작은 식민 도시들 주변에 나 있는 구불구불한 길을 택했다. 바지가 무릎 아래까지 축축해졌다. 그렇게 이른 시간에는 이슬을 뒤집어쓴 풀들이 쓰러질 듯이 오솔길 위로 기울어져 있게 마련이었다. 지팡이로 밀쳐냈지만, 풀들은 고무줄처럼 이내 다시 달라붙어 바지를 흥건하게 적셨다.

길이 원주민 구역에 이르자 메카는 한숨을 내쉬었다. 가까운 언덕 위, 원주민 구역이 내려다보이는 곳에 세워진 백인 구역이 눈에 들어왔다. 메카는 두 다리를 번갈아가며 흔들었다. 흔들 때마다 바지에서 젖은 천 특유의 '풀럭' 하는 소리가 났다. 바지를 무릎까지 걷어올리자 물렛가락처럼 날씬한 그의 장딴지가 드러났다. 여러 채의 집 사이를 지나고 몇몇 집들을 에두른 다음에, 메카는 한 집으로 들어갔다. 그곳이 그가 언제나 들르는 중간 기착지였다.

가게 안은 벌써 시끌벅적했다. 백인 구역으로 일하러 가는 모든 사람들은 마미 띠띠의 가게에 와서 하루를 버티게 해줄 마음의 양식을 얻었다. 쭈그려앉거나 빈 상자에 걸터앉아서, 시끌벅적 이야기를 주고받으며 아르끼 술을 홀짝거리는 것이다.

메카가 가게 안으로 들어갔다.

"모두들 안녕하시오!" 모자를 벗으며 그가 인사했다.

모든 사람들이 문 쪽을 돌아보았다.

"어서 오시오." 그들이 대꾸했다.

"안녕하세요." 마미 띠띠가 물었다. "무슨 일 있어요, 메카?"

"백인이 말이죠……" 그가 눈길로 빈자리를 찾으며 대답했다.

"거기 젊은 사람이 일어나서 어른한테 자리를 양보하면 좋겠는데."컵처럼 오므린 두 손으로 빈 술잔을 공중에 던져올렸다가 받기를 반복하고 있는 초라한 행색의 젊은이에게 마미 띠띠가 말했다.

"한잔 더 마실 돈이 없으면 꺼지라는 말이네……!"

"생각 같아서는 정말 한대 갈겨주고 싶은데…… 나가!"쿵쿵거리며 달려온 마미 띠띠가 젊은이 앞에 버티고 서서 소리쳤다.

엄지손가락을 코에 대고 팽 하니 코를 풀더니, 이번에는 하소연하는 목소리로 그녀가 말했다.

"젊은이, 난 소란 피우는 거 싫어해! 자네한테 공짜로 술을 줄 수도 있어……"

그녀는 눈을 찡긋하며 특히 두번째 문장을 강조했다.

"내가 원하는 건 조금만 예의를 지켜달라는 것뿐이야…… 원하면 술은 얼마든지 줄 수 있다고……"

"앉으세요, 영감님!"젊은이가 마미 띠띠의 손이 닿을까봐 펄쩍 뒤로 물러나면서 말했다.

두사람은 서로를 위아래로 훑어보았다. 젊은이는 입 귀퉁이에 슬며시 미소를 띤 채, 빠뉴 엉덩이의 먼지를 털면서 그 자리를 떠났다. 메카가 기분 좋은 한숨을 내쉬면서 아직 온기가 남아 있는 낡은 휘발유통 위에 털썩 주저앉았다. 마미 띠띠는 문 쪽으로 갔다.

메카는 모자를 무릎에 얹고 지팡이를 벽에 기대놓았다. 양손을 맞대어 비비다가 허벅지 사이에 끼우고는 몸을 뒤로 젖혀 하품을 했다.

"사냥하려고 일찍 일어났나보네!"옆자리 남자가 메카의 바지를 뚫어져라 바라보며 말했다. "훌륭한 사냥꾼은 창녀처럼 멀리서도 냄새를 맡는 법이지……"

"지름길로 왔소."어색한 미소를 지으며 메카가 대꾸했다. "숲길로 다녀야 마음이 편해요…… 큰길은 감당이 안돼…… 그놈의 자갈들 때문에……"

메카는 마치 아프기라도 한 것처럼 얼굴을 찌푸렸다.

"당신을 가졌을 때 당신 어머니가 표범쥐[4]를 드신 게 틀림없어요!" 옆자리 남자가 웃음을 터뜨리며 말했다.

좌중에 웃음이 번졌다.

"입 좀 다무시죠!" 마미 띠띠가 끼어들었다. "저 양반은…… 달랑 물건만 사내인 이들하고는 달라요. 저만한 사람도 이제 없어요……"

"제기랄! 저 사람 얼굴이 생각났어!" 메카의 옆자리 남자가 말했다. "내 생각엔…… 당신이 하느님한테 땅을 바친 바로 그 사람이죠!"

"가톨릭 선교단에 줬지." 다른 남자가 바로잡았다.

"그게 그거지……"

"거의 같은 거죠!" 마미 띠띠가 남자의 말을 받았다. 커다란 술병을 들고 무리 사이를 오가느라 그녀의 단단한 알통이 불룩하게 튀어나와 있었다.

"아무튼, 당신 맞지요?" 옆자리 남자가 다그쳤다.

"그래, 바로 나요."

가게 안의 모든 사람들이 놀란 듯 침묵했다.

"정말 멍청한 작자네!" 누군가가 내뱉었다.

"당신, 말은 참 솔직하게 하네요!" 메카가 말했다.

"모르긴 해도 빼앗긴 거겠지." 다른 사람이 말했다.

---

4 일종의 줄무늬 쥐. 사람들이 다니는 숲길에서만 볼 수 있다.

"그 말이 조금 맞긴 해요." 메카가 다시 말했다.

"사령관이 당신을 소환했어요?" 상대방이 연이어 물었다.

"그렇소……"

"그런 눈을 하고 사령관한테 가면 안되죠!" 마미 띠띠가 가득 채운 술잔을 메카에게 내밀었다. "그런 노처녀 같은 얼굴로 그 사람을 상대할 수는 없어요!"

"안돼요, 거기 가서 할 일이 있어요." 메카가 완강하게 거부했다. "정부가……"

"웬 정부?" 마미 띠띠가 놀랐다.

"내 말은 사령관이……"

한번 더 거절하면서 메카가 다시 말했다. "내가 이걸 마신 걸 정부가 눈치채면……" 여전히 망설이다가 메카의 오른손이 마미 띠띠의 손에서 술잔을 낚아챘다. 그는 성령 따위는 잊은 채 재빨리 왼손으로 성호를 그었고, 안된다고 말은 계속하면서도 양 손바닥으로는 술잔을 움켜쥐었다.

"사령관이 내가 술 마신 걸 눈치채면, 난 바로 감옥행인데……"

"마시고 나서 오렌지 두개만 빨아먹으면 돼요." 메카를 멍청한 작자 취급했던 남자가 말했다. "사령관이 술 마셨느냐고 묻거든, 오렌지 먹었다고 대답해요……"

"백인들 속이는 거야 쉽지!" 다른 사람이 말했다.

"그거 새로운 아이디어네." 메카가 술잔을 단숨에 비우며 말했다. 그가 인상을 찌푸리며 트림을 했다.

"술맛 제대로다." 메카가 말했다. "프랑스어로 '오렌지 하나 먹었다'를 어떻게 말하지?"

"무아 쒸세 오랑주." 누군가가 대답했다.

"오랑주 무아 쒸세." 메카가 따라했다.

메카는 생각했다. '나쁘지 않은 생각이야. 저 친구 정말 똑똑하다니까. 나라면 '오렌지 빨아먹었다'는 생각은 절대로 못했을 텐데. 나한테서 실제로 오렌지 냄새가 나겠지. 백인들은 순진해서 뭐든 믿어. 사령관이 오렌지 판매까지 금지시키지는 않겠지. 그런 속임수를 생각해내다니, 정말 거북이처럼 지혜로운 사람이군.'

당국은 원주민들에게 값싼 바나나 술과 옥수수 술 양조를 금지시키고는 중앙상가에 넘쳐나는 유럽산 포도주와 리큐어를 마시게 했다. 얼마 전부터 새鳥 모가지[5]——긴 목 때문에 흑인들은 그를 그렇게 불렀다——와 그의 부하들은 밀매업자 하나를 체포하려고 혈안이 되어 있었다. 일제단속이 거듭되었다. 아르끼 술은 악어의 눈물만큼이나 귀해졌다. 이른 아침의 특정 시간, 식민지의 백인들이 적도의 열기와 전날 마신 위스키 때문에 녹초가 되어 입안이 텁텁한 채로 모기장 아래서 여전히 잠을 자는 시각에 새 모가지가 일어날 수만 있었다면, 원주민 구역, 특히 마미 띠띠의 가게가 몹시 흥청거린다는 사실을 알아차렸을 것이다. 보다못해 새 모가지는 방데르메이에르 신부에게 도움을 청했다. 사제는 즉시 설교대에서 교구 신자들의 치아와 영혼을 더럽힌다며 그 술을 단죄했다. 그리고 그 술을 마시는 모든 기독교인은 한모금 마실 때마다 대죄를 범하는 것이라고 선언했다.

그 바람에 메카는 심각한 상황에 처하게 되었다. 둠의 가톨릭 선교단에서 메카는 모범적인 기독교인으로 자주 언급되어왔다. 그는

---

5 현지 경찰서장의 별명.

자기 땅을 사제들에게 '기증'했고, 기독교 공동묘지 언저리에 있는 마을의 작고 초라한 오두막에서 살았다. 마을의 이름은 선교단의 이름으로 사용되고 있었다. 어느날 아침 그는 하느님이 기꺼워하신 땅의 소유자라는 특별한 축복을 받았다. 한 백인 사제가 하느님이 정해준 그의 운명에 대해 말해주었다. '모든 것을 주시는 자'의 뜻을 어느 누가 거역할 수 있겠는가? 그사이에 세례를 통해 다시 태어난 메카는 절대자의 집달리 앞에서 고개를 숙였다. 그는 자기 조상들의 땅 위에 주님의 마을을 건설하는 일에 열성적으로 동참했다. 주교가 낙성식을 집행하기 전날, 교회에서 사람들이 메카에게 앉을 자리를 선택하라고 권했을 때 그는 홀 뒤쪽, 먼지 나고 파리떼로 얼룩진 콘크리트 바닥을 선택했다. 신도석의 맨 뒷줄 너머, 불쌍한 사람들이 앉는 자리였다. 그는 일요일마다 그 자리에서 늙은 나병환자 옆에 무릎을 꿇고 미사를 드렸다. '하느님의 식탁'까지의 먼 거리에도 불구하고, 메카는 누구보다도 먼저, 사제보다도 먼저 성체배령을 받으러 그곳에 가곤 했다. 주님을 맞아들였다는 황송함에 몸 둘 바를 몰라하며, 그는 빛나고 환한 얼굴로 교회에서 돌아왔다. 둠의 기독교도들에게 메카는 천국행 레이스의 강력한 우승후보였고, 연옥에 딱 한번만 출두하면 될 몇 안되는 사람들 중의 하나였다.

그래서 이따금 마미 띠띠의 가게에 드나들 때마다 메카는 양심의 가책 비슷한 것을 느꼈다. 자신이 나쁜 본보기가 될 수는 없었기 때문이다. '그렇지만 젖을 빨아본 입은 젖맛을 잊지 못하는 법이야'라고 그는 생각했다. 아랫도리에 아직 털도 나지 않았던 나이에, 그리고 주님을 맛본 적이 없었던 나이에, 자신의 혀 위에 떨어졌던 몇방울의 아프리카 진 맛을 어떻게 잊을 수 있겠는가? 그리고 무엇보다도 그 술은 약이었다. 마시면 류머티즘의 고통이 더이상 느껴지지 않았다. 방데르메이에르 신부를 실망시키고 싶지 않아서 그는 고해성사 때마다 이렇게 말했다. "신부님, 충분히 견딜 만했는데도 제가 그만 갈증을 풀고 말았습니다." 방데르메이에르 신부는 놀라서 말했다. "형제여, 갈증을 푸는 건 죄가 아닙니다, 하느님과 교회의 율법 이상으로 엄격해질 필요는 없어요." 그러면 메카는 안심하고 다음날 성체배령을 할 수 있었다.

메카가 한잔을 더 마셨다. 좌중은 흥겨웠다.

"저 양반이 침상 위에 올라앉는구먼!" 흥분한 한 남자가 소리쳤다.

"모오오오뜨!" 대나무 침상에 엉덩이가 부딪치는 둔탁한 소리를 흉내 내며 주위 사람들이 화답했다.

"탐탐[6]은 케이폭나무로 만들지!"

"이런저런 이야기나 하면서, 마시자고!" 사람들이 다시 화답했다.

"이테, 미사 에스트(Ite, missa est)……"[7]

모두가 웃기 시작했다.

"친구들, 나 먼저 뜹니다." 메카가 말했다. "난 사령관의 집에 가요."

그는 모자를 눌러썼다. 앞에 펼쳐진 도로가 마치 처음 보는 길 같았다. 길은 저 위쪽, 관저 지붕이 보이는 언덕 꼭대기에서 좁아지고 있었다.

"이 길은 아름다워, 정말 예뻐!" 메카가 말했다. "오, 길이여! 우

---

6 아프리카 원주민의 북.
7 가톨릭 전례에서 사용되는 라틴어 표현으로, "자, 미사가 끝났습니다"라는 의미.

리 고역苦役의 딸이여, 나를 백인의 집으로 안내해다오……"

지금 그의 머릿속에는 곡조 하나가 맴돌았다. 그는 지팡이를 풍차처럼 휘두르며 우선 휘파람부터 불었다. 그리고 양어깨에 지팡이를 수평으로 걸친 다음 양팔을 걸었다. 그러자 기분이 좋아졌다. 큰 짐을 내려놓은 기분이었다. 휘파람에 실린 곡조는 그의 입술을 떠나 머릿속을 계속 맴돌았다. 메카는 노래를 부르기 시작했다. 전쟁 전, 베르또[8] 시절의 옛 노래였다. 노랫말은 이내 생각이 났다.

당신 겨드랑이를 탐하느라
내 입에선 짠맛이 났지
다른 데를 탐하느라
내 입에선 좀더 짠맛이 났지
다른 데를 탐하느라
난 그 소금이 더 좋았어
다른 데를 탐하느라
세례식의 소금보다도
다른 데를 탐하느라
오, 큰길 공사 하는 땀에 젖은 여인아
당신의 다른 데를 탐하느라
망고나무 아래 잠이 든
당신의 다른 데를 탐하느라……

메카가 춤의 스텝을 밟기 시작했다. '이 다리가 정말 내 다린가?

8 유명한 식민지 행정관.

아니야, 그럴 리가 없어, 너무 가볍잖아!' 자신이 자유롭고, 젊고, 행복하다고 느끼는 건 얼마나 즐거운 일인가……

"영감님, 완전 삼매경이셔!" 한 행인이 말했다.

"딱 그렇소!" 메카가 대꾸했다.

그는 다시 노래를 불렀다.

　　　내 입에선 짠맛이 났지……

유럽인 구역으로 가던 모든 흑인들이 그의 주위로 모여들었다. 그리고 합창으로 노래를 따라했다.

　　　다른 데를 탐하느라……

메카는 혼자 구절 전체를 노래했다.

그러다보니 어떻게 왔는지도 모르게 언덕 꼭대기에 와 있었다.

"어디 가시오, 영감?" 누군가가 물었다.

"저기, 저 앞, 저 집에, 내 지팡이 끝 저기…… 사령관을 만나러 가요."

"나한테 빵 한조각 챙겨다주시지……"

"베르제⁹ 한병도!" 메카가 대꾸했다.

모든 사람들이 웃음을 터뜨렸다. 메카는 모두와 악수했다. 그리고 모자를 벗었다. 사령관 집무실이 바로 앞이었다.

둠 사람들은 공식적인 소환이 뭘 의미하는지 잘 알고 있었고, 사

---

9 흑인들에게는 판매가 금지되어 있었던 아뻬리띠프.

령관의 특별 호출을 받는 것을 명예 중에서도 아주 불길한 명예로 여겼다. 그런데 메카는 특별히 눈에 띄는 사람이 아니었다. 하느님께 온통 헌신하며 교회의 파리떼와 먼지 속으로 기도하러 갔고, 아프리카 진, 정어리 통조림, 훈제 고슴도치가 그나마 유일한 끈으로 남아 있는 이 땅에서 겸손하고 조용하게 살아가려고 애를 썼다. 주님의 눈을 가졌다면 모를까, 사령관이 메카에게 관심을 갖기는 어려웠다. 마을 사람들은 메카를 소환한 이유에 대해 헛되이 궁리해보다가, 이 고장에 순교자, 순교 성인이 하나 더 나게 생겼다고 확신하며 잠이 들었다.

집집이 문들이 하나하나 열리면서, 집 안에서 잠을 자는 특권을 누리는 가축들이 안마당¹⁰으로 쏟아져나왔다. 사람들도 빠뉴나 담요를 두르고 집 밖으로 나왔다. 얼굴에 슬쩍 물만 끼얹은 다음에, 사람들은 삼삼오오 무리를 지어 마을 끝자락 오두막 예배당으로 향했다. 메카의 아내 켈라라도 무리에 합류했다.

"켈라라, 잘 잤어요?" 사람들이 물었다.

"밤새 지붕에 거적이 몇갠지 헤아렸어요……" 그녀가 대답했다.

"나도 그랬어요." 그중 한사람이 맞장구를 쳤다.

밤늦게까지 자신들이 왜 깨어 있었는지에 대해서는 아무도 말하려고 하지 않았다. 입이 피곤해서 이제는 가슴이 입의 역할을 대신하고 있었던 것이다.

점토로 지은 작은 예배당 안으로 기독교인들이 몰려들어갔다. 그곳에서 전도사 이냐스 오브베가 기도를 이끌었다. 켈라라는 가지를 쳐내어 장의자와 기도대로 사용되는 늙은 양산나무 둥치 위

---
10 마을의 공동 안마당을 가리킨다.

에 무릎을 꿇었다. 그녀는 아침에 남편과 암송하지 못한 성인호칭 기도를 시작했다. 이제 다른 것은 아무것도 생각하지 않았다.

이냐스 오브베가 들어왔다. 그는 당당한 체격, 물소처럼 억센 목덜미, 희번덕이는 툭 튀어나온 눈으로 사람들을 겁먹게 하는 남자였다. 이마는 거의 없다고 할 정도로 좁았다. 무엇보다도 희극적인 것은 그 육중한 몸뚱이에서 나오는 작은 목소리였다. 이냐스 오브베가 말하는 것을 듣고 있으면 어린아이의 목소리를 듣는 것 같았다.

그날 아침 그는 배꼽까지도 채 내려오지 않는 꼬질꼬질한 조끼를 입고 있었다. 허리에 감은 커다란 모직 담요와 조끼의 세번째 단추 사이로 뱃살이 삐죽삐죽 튀어나왔다. 그가 기도를 시작했다. 청중도 그와 함께 기도를 낭송했다.

이냐스 오브베가 "아멘"이라는 마지막 단어를 발음하고 나자, 둠의 모든 주민들이 다시 예배당 주위에 모였다. 해는 이미 지평선 위로 올라와 있었다. 태양은 오두막의 아궁이에서 나오는 열기처럼 따뜻하고 감미로운 열기를 쏟아냈다.

"예수 그리스도께 영광을!" 신자들의 무리와 합류하며 이냐스가 말했다.

"언제나 언제까지나!" 이냐스가 원의 한가운데에 자리 잡을 수 있도록 비켜서면서 마을 사람들이 화답했다.

"켈라라 자매님!" 이냐스가 양손을 비비며 말하기 시작했다. "그분을 믿으세요. 그분이 원하지 않으면 아무 일도 일어나지 않습니다…… 그리고 그분을 믿는 사람들은…… 절대로 실망하지 않을 겁니다."

"신자지요, 물론 나는 신자예요! 여기, 내 늙은 가슴 밑에서, 신앙심이 쿵쿵 뛰는 게 확실히 느껴져요…… 나는 하늘을 쳐다볼 때마다 하느님이 저쪽에 계신다는 걸 항상 확신했어요! 다만 백인들은……"

"그분은 세상에서 가장 강한 분입니다!" 크고 넓적한 두 발로 풀썩 먼지가 나도록 땅을 구르며 오브베가 소리쳤다.

그는 하늘을 유심히 쳐다보다가 뭉게구름에 반사되어 강철처럼 빛나는 햇빛에 눈이 부셔서 고개를 숙였고, 마치 새로운 힘을 이끌어올리기라도 한 것처럼 사납게 외쳤다.

"모든 것은 그분으로부터 옵니다."

"난 오늘 들판에 나가지 않겠어요." 켈라라가 말했다. "오늘은 불길한 날이에요…… 때때로 기도를 하면서 문 앞에서 메카를 기다리겠어요…… 메카가 돌아오지 않으면 그가 일러준 대로 신부님을 만나러 갈 거예요. 예수 그리스도께 영광을!"

"언제나 언제까지나!" 이냐스가 목이 메어 가냘픈 목소리로 화답했다.

사람들이 흩어졌다.

남편 모습이 사라진 마을 저쪽에 시선을 고정시킨 채, 켈라라가 얼마나 오랫동안 집 앞에 앉아 있었을까? 해는 벌써 하늘 한가운데를 지나쳤다. 해는 이미 기울어가고 있었다. 낡은 헝겊을 앞가리개로 두른 농부들이 손에는 칼을 들고 목에는 묵주를 건 채 기진맥진한 모습으로 들판에서 돌아왔다. 그들은 지친 몸을 끌고 켈라라의 집까지 갔고, 숨이 턱에 차서 말 한마디 하기도 힘이 들었지만 그나마 기운을 차려, 어두운 얼굴 표정으로 메카의 아내에게 자신들의 걱정하는 마음을 표시했다. 해가 기울수록 켈라라의 희망도 점점 줄어들었다. 사물들의 그림자가 길어졌다. 밤새들이 마을을 가로질렀다. 켈라라는 절망하기 시작했다.

바로 그때 그녀는 차량 소리를 들었다. 마을 사람들도 전부 그 소리를 들었다. 모든 사람들이 자기 집 앞으로 나왔다. 누군가가 소리쳤다. "저기 차가 온다!"

차가 안마당 가운데로 향했고, 알몸의 꼬마들이 무리 지어 차를 따라오면서 미친 듯이 소리를 질렀다. 차를 운전하는 백인 옆에 메카가 앉아 있었다. 그는 이따금 마을 사람들 모두가 자기를 볼 수 있도록 차창 쪽으로 몸을 숙였다. 집 앞에서 메카를 차에서 내려준 다음에 백인이 그와 악수를 했고, 그를 도와 상자 하나를 차에서 내렸다. 두 남자가 용을 쓰는 걸로 보아 꽤나 무거워 보이는 상자였다. 뒤이어 백인은 메카에게 큰 몸짓으로 작별인사를 하며 시동을 걸었고, 메카는 차가 시야에서 멀어지는 내내 모자를 흔들어 화답했다. 그의 아내는 주님께 감사드리며 남편을 향해 달려갔다.

온 마을 사람들이 메카의 집에 모였다. 예전의 성인 같은 표정은 간데없고, 그는 우쭐하니 가슴을 앞으로 내밀었다. 아내가 그의 모자를 받아들었다. 그는 활짝 웃으면서 한 젊은이에게 자기 지팡이를 내밀었다.

"모두들 궁금해서 숨넘어가겠어요." 켈라라가 안달이 나서 물었다.

"누가 아니래!" 모인 사람들이 맞장구를 쳤다.

메카가 목청을 가다듬고 혀로 입술을 축였다.

"그러니까 말이죠!" 메카가 입을 뗐다. "사령관이 나를 부른 건, 모든 백인들의 최고 우두머리가 땡바에 있는데, 그 사람이 7월 14일에 나한테 훈장을 수여하러 온다는 걸 알려주기 위해서였어요……"

그러자 짧은 침묵이 흘렀다. 여자들의 소란스러운 환호 소리가 이내 그 침묵을 깨뜨렸다. 현지에 갓 도착한 백인이라면 여자들의 그 즐거운 비명 소리를 경보 싸이렌 소리로 착각했을 것이다. 여자들이 유기적으로 움직였다. 메카의 집 베란다 앞에 여자들이 반원 형태로 모여섰다. 메카는 아내 옆에 앉아서 가볍게 고개를 주억거렸다.

"무슨 일이죠?" 늦게 온 사람들이 물었다. "뭔 일이지?"

"빠리에서 보낸 훈장이 저 사람한테 수여될 거래요. 땡바에 있는 백인 최고 책임자가 그것 때문에 여기 온다네요⋯⋯"

먼저 그 소식을 들은 사람들이 그렇게 대답했다⋯⋯ 밤이 되자, 이제는 빠리에서 훈장을 보내오는 게 아니라 모든 백인들의 가장 높은 우두머리인 공화국 대통령이 직접 와서 메카의 가슴에 훈장을 달아주는 걸로 되어 있었다⋯⋯

"실제로 훈장을 여기 달기 전에는 (그는 검지로 자기 가슴을 가리켰다) 이런 소동이 달갑지 않아." 메카가 중얼거리듯 아내에게 말했다. "백인들 하는 일은 알 수 없으니까⋯⋯"

메카는 여자들을 모두 돌려보냈다. 그렇게 김칫국부터 마시면 안 좋은 일이 생길 수도 있었다. 훈장이 사령관이나 땡바의 최고 책임자의 사무실 책상 서랍에 들어 있으리라는 건 의심의 여지가 없었다. 그러나 7월 14일까지 남은 일주일 동안 그에게 좋지 않은 일이 생길 수도 있었다. 그는 자신이 늙었다고 생각했다. 그 사실이 그는 두려웠다. '늙은이들은 아침에 병이 나서 저녁에 죽는단 말이야.' 그는 자기 나이를 헤아려보았다. 불가능한 일이었다. 그는 아이가 태어나면 커다란 공책에 기록을 해두는 요즘 시대에 자신이 태어나지 않은 것이 아쉬웠다. 그의 처지는, 나이를 알 수 없어서

흔히 실제보다 나이가 많은 것으로 간주되는 이런저런 물건들과
비슷했다. 손으로 머리를 쓰다듬으면서 그는 자신의 머리털을 만
져보았다. 기쁨이 밀려왔다…… 마을의 성인 남자들이 메카의 집
에 와서 밤샘을 했다. 메카처럼 나이를 알 수 없는 뉘아도 있었다.
그는 훈제고기처럼 야위었고, 계속해서 턱을 움직거렸다. 그는 항
상 혀 밑에 콜라나무 열매를 물고 다녔다. 은띠는 초기 상피병 때
문에 특별히 눈에 띄는 남자였다. 그는 둠 출신이 아니었다. 마음
이 혹해서, 둠에서 멀지 않은 시내에서 둠으로 왔다. 그는 이십년
전부터 매일 아침 일자리를 구할 생각에 시내로 갔다. 닥치는 대로
소소한 노동일을 해서 날이 저물 무렵이면 돈 몇푼을 손에 넣었다.
카카오 수확기에는 메카에게 품을 팔았다. 그래서 메카는 이십년
전부터 그를 자기 집 식사에 초대하곤 했다……

　음봉도는 메카의 조카였다. 여동생의 아들이었지만 벌써 머리털
이 없었다. 마을 사람들의 기억에 그는 젊었던 적이 없었다. 태어났
을 때부터 치아가 전부 나 있었다는 소문도 돌았다…… 서른살에
머리털이 모두 빠지고 늙은 도마뱀처럼 주름지고 꺼칠꺼칠한 몰골
이 되었지만, 아무도 이상하게 생각하지 않았다.

　사제들의 요리사였던 에비나는 마지막 치아가 빠질 때까지 백
인들을 모시다가 둠으로 은퇴했다. 입이 함몰되어 턱이 목 쪽으로
내려앉는 바람에 코가 유난히 두드러져 보이는 사람이었다. 콧구
멍이 심하게 들려 있어서 항상 희멀겋게 고여 있는 콧물이 보였다.
아내와는 헤어졌다. 그는 등이 굽고 손을 사시나무처럼 떨어서 아
무짝에도 쓸모가 없었다. 햇볕을 쬐며 얌전히 죽음을 기다리는 것
이 유일한 소일거리였다. 그를 초대하는 사람들은 모두 자기 행동
이 자선이라는 것을 잘 알고 있었다…… 그가 답례를 할 가능성은

전혀 없었다.

그리고 메카와 켈라라의 사촌들, 사촌 처남들, 켈라라 사촌의 사촌조카들도 있었다. 이 사촌의 사촌조카들은 이삼일 머물 예정으로 둠에 왔다. 그런데 둠에 온 지 일주일이 되었고, 여전히 차일피일 출발을 미루고 있었다.

이 모든 사람들이 메카의 기쁨을 함께 나누기 위해 와서, 메카의 양다리 사이에 놓인 석유램프 주위에 둘러앉았다. 엉덩이를 올려놓을 수 있는 크기의 물건에는 모두 손님들이 한사람씩 올라앉았다. 더러워지지 않게 빠뉴를 위로 말아올리고 바닥에 맨엉덩이로 앉은 사람들도 더러 있었다.

"그러니까, 도대체 어떻게 된 거야?" 뉘아가 두 눈을 빛내며 물었다.

"내가 도착했을 때," 메카가 말을 시작했다. "사령관은 아직 집무실에 없었어……"

"너무 일찍 떠나는 거라고 했던 내 말이 맞았지." 누군가가 끼어들었다.

"됐어, 자네가 끼어들 자리가 아니야." 뉘아가 말했다.

"오늘이 마을회의 날이었기 때문에, 내가 도착했을 때 관저 베란다에는 사람들이 가득했어." 메카가 다시 말을 이었다. "콜라나무 열매를 깨물어 먹으면서 기다렸지. 거시기, 그 사람하고 나누어 먹었는데…… 누가 그 신교 전도사 이름 아나?"

"어떤 전도사?"

"개를 닮은 죽은 원숭이 한마리를 놓고 어떤 여자와 말썽이 났던 전도사 말이야."

"아, 그래! 알겠다. 그 사람…… 다비드 옹두아."

"그래, 바로 그 사람이야." 메카가 대꾸했다. "보니까, 우리 둘이 긴 의자에 나란히 앉아 있더라고. 그 사람은 카카오 문제 때문에 왔더군…… 아까도 말했지만, 우리는 콜라나무 열매를 깨물어 먹었어. 사령관이 나타났을 때, 나는 막 이빨을 문질러 닦고 난 참이었어. 자네들도 사령관이 나타나면 어떤 식인지 알지. 사령관이 도착하면 위병대장이 고함을 질러. 위병대원들과 소환된 사람들 모두 경례를 하지. 위병대장이 한번 더 고함을 질러야 사람들은 그전에 하던 일을 다시 계속해……"

사람들은 그의 말에 귀를 기울였다. 잠시 멈추었다가 그가 다시 말을 시작했다.

"먼저 나를 불렀어. 사령관이 나더러 자기 맞은편에 앉으라더군. 그리고 통역을 불렀어. 통역은 우리 두사람 사이에 서 있었지. 백인이 길게 이야기를 했어. 통역이 그가 하는 말을 이렇게 옮겨주더라고. '메카, 당신은 특별한 사람이다. 내가 이 고장에 온 이후로 당신네 카카오처럼 잘 건조시킨 카카오를 본 적이 없다.'"

"질 좋은 카카오라면 자네 카카오도 빠지지 않지." 뉘아가 끼어들었다.

"'당신은 이 고장에서 프랑스가 하는 일에 많은 도움을 주었다. 땅을 선교단에 기증했고, 두 아들을 전쟁터에 보내 영광스러운 죽음을 맞이하게 했다…… (메카는 짐짓 눈물을 닦는 시늉을 했다.) 당신은 친구다.' 탁자 너머로 나하고 악수를 하면서 사령관이 이렇게 끝맺었지. '우리가 당신한테 수여할 훈장은 당신이 우리의 친구 이상이라는 것을 의미한다.' 통역이 나한테 옮겨준 내용은 대충 그런 거였어. 나는 통역한테 백인들의 친구가 되어서 아주 기쁘다고 사령관에게 말해달라고 부탁했지. 그리고 사령관이 '우리'라고 말했는데, 실제로 누가 나한테 훈장을 수여하는 건지 물어봐달라고도 했어. 그러자 백인이 웃더군. 그가 다시 통역에게 말을 했고, 통역은 나한테 대충 이렇게 말해주었어. 옆에 있는 사령관이 아니라 땡바에 있는 백인들의 우두머리가 와서 나한테 훈장을 걸어줄 거라고.

그러고 나서 나는 미국 전도사[11]를 기다렸지. 우리는 서로 친척간이야. 그 사람이 옘밤 부족이니까, 내 처남을 통해 내 처남이 되는 셈이지.[12] 그 사람 딸이 하우사 부족 남자와 결혼했는데, 점심때 우리는 그 딸네 집으로 갔어. 거기서 꾸스꾸스를 먹었지! 그런 꾸스꾸스를 만들 수 있는 건 하우사 부족뿐이야. 우리는 중앙상가를 돌아다녔어. 거기서 평소에 내 카카오를 구입하는 코빈골롬[13] 씨를 만났지. 그 사람이 자기 가게에서 뭐든 원하는 대로 가져가라고 하더라고."

"거저?" 믿기지 않는다는 듯 독특한 억양으로 음봉도가 물었다.

"그래, 거저. 아마 그냥 그러고 싶었나보지…… 모르긴 해도, 알게 모르게 그 사람이 나를 속여서 이득 본 게 많을 거야, 틀림없어."

"아마 죽을 날이 가까워지니까 하느님 앞에서 양심의 가책을 받고 싶지 않았나보네." 에비나가 말했다.

"죽을 날이 가깝기로 말하자면, 코빈골롬 그 영감, 정말 그렇지!" 어둠속에서 누군가가 말했다.

"그래서 내가 저 정어리 통조림 상자를 고른 거야." 메카가 말을 이었다.

---

11 앞에서 언급된 원주민 신교 전도사 다비드 옹두아를 가리킨다.
12 그가 메카의 처남과 같은 부족이기 때문이다.
13 정확한 이름은 크로미노풀로스이다.

모두의 눈길이 대나무 침상 아래 밀쳐놓은 상자 쪽으로 향했다. 문간에 나타난 육중한 사람 형체가 가냘픈 목소리로 말했다.

"예수우 그리스도오께 영광을!"

좌중이 화답했다.

"언제나 언제까지나!"

"이냐스, 자네군." 문 쪽을 쳐다보며 발뒤꿈치로 통조림 상자를 침상 밑으로 조금 더 밀어넣으면서 메카가 말했다.

"기쁨의 이유는 잘 모르겠지만, 여러분이 누리는 현세의 기쁨을 나도 함께 나누려고 왔지요."

"음봉도!" 메카가 불렀다. "여긴 자네 집이니까, 자네가 전도사 한테 자리를 양보해……"

음봉도가 자리에서 일어나 벽에 기대섰다. 이냐스는 메카의 맞은편에 앉았다.

"보세요, 켈라라, 아무 일 없을 거라고 내가 그랬잖아요……"

"난 절대로 희망을 놓지 않았어요." 켈라라가 대꾸했다.

"자, 형제님," 가냘픈 목소리가 말했다. "내 몫의 뉴스는 뭔가요?"

"별거 아니야." 메카가 짐짓 겸손하게 말했다. "땡바에 있는 백인들 우두머리가 직접 와서 여기…… 내 가슴에 훈장을 달아준대…… (그는 다시 한번 검지로 자기 가슴을 가리켰다.)"

"기쁜 일이군요, 형제님." 이냐스가 말했다. "내 소망은 당신이 또다른 훈장, 진짜 훈장도 얻을 수 있었으면 좋겠다는 거예요…… 우리가 그 훈장을 받을 수 있을까요? 깊이 생각해볼 문젭니다."

메카가 눈살을 찌푸렸다.

"우리 세상은 썩었습니다." 이냐스가 계속 말했다. "오만이 이 세상을 지배합니다. 지금 오만은 하느님이 창조하신 것을 멸망으로 이끌어가고 있습니다…… 예컨대, 보세요, 원주민 구역에서 창궐하는 매춘…… 끊임없이 밀려들어오고 또 밀려들어오는 술…… 사람들의 영혼을 탕진시키는 술…… 백인들이 발명한 그 연기폭탄[14]…… 이 모든 것에서 세상의 종말에 앞서올 것으로 예고된 현상들이 보이지 않습니까? 진정으로 말하건대, 세상은 지금 루시퍼의 모험을 겪고 있는 중입니다. 나는 세상의 앞날이 두렵습니다.”

메카가 다시 한번 눈살을 찌푸렸다.

“대체 왜 그런 말을 하는 거야? 내 훈장 때문에?” 떨리는 목소리로 메카가 물었다.

“아니요, 아닙니다.” 이냐스가 침착하게 대답했다. “훈장보다 더 중요한 다른 것들에 대해 말하는 겁니다.”

“거룩하신 사도님들!” 메카가 짜증을 견디지 못하고 소리쳤다. “그래서 세상의 종말이나 기다리며 살까? 그리고 누가 당신들한테 훈장을 주면, 세상의 종말 때문에, 연기폭탄 때문에, 그걸 거절해야 하나? 더군다나 그 연기폭탄이라는 건 또 뭐야?”

“오만의 발명품이죠!” 이냐스가 대답했다. “백인들이 엄청난 폭탄을 발명했는데, 단 한발만 여기로 발사하면 나무도 땅도 사라지고, 눈에 보이고 귀에 들리는 모든 것들이 사라집니다…… 우리는 연기로 바뀌고 말 거고요.”

“저런! 빌어먹을 백인들이 항상 골칫거리였지…… ‘까농’ ‘미스떼예뜨’[15] 그리고 이제는 연기폭탄이구먼!”

---

14 원자폭탄을 가리킨다.
15 ‘까농’은 대포를 가리키는데, ‘미스떼예뜨’는 확실치 않다. 아마 미사일을 지칭하는 듯하다.

"우리 전도사들," 빙그레 미소를 지으며 이냐스가 말했다. "사람들은 우리를 부엉이처럼 싫어해요. 우리가 앞날을 예고하기만 하면 사람들은 주술이라고 비난합니다."

"……"

"메카, 나를 나쁜 눈으로 보지 마요. 나는 진실만을 말해왔어요."

"하지만 자네의 독신생활에 대해서는 한번도 진실을 말한 적이 없지! 그렇다고 자네가 사제도 아니잖아."

"하느님께 서원을 했거든요."

"결혼은 세례, 영성체 등과 마찬가지로 성사聖事야."

"뭐라고 대답해야 할지 모르겠네요…… 제 옆에 아내를 거느린 채 하느님을 섬길 수는 없을 것 같습니다."

"성인이시구면." 음봉도가 비아냥거렸다.

"대단한 성인이시지." 뉘아가 말했다. "자네가 태어나길 전도사로 태어난 건 아니잖아! 그리고 자네가 전도사가 되기 전에는 이런저런 소문도 전혀 없었지……"

굳은 표정이 된 오브베의 얼굴이 깊은 경멸을 드러냈다. 그가 대화 상대들을 차례차례 똑바로 쳐다보며 말했다.

"스스로가 무슨 일을 하고 있는지 여러분이 모르고 있기 때문에, 여러분을 용서하겠습니다……"

그는 자리에서 일어나 어둠속으로 사라졌다.

"왜 모두들 전도사를 개무시하는 거요?" 안절부절 몸을 들썩이며 누군가 물었다.

"그자가 우리를 개무시하는 거지." 은띠가 바로 대꾸했다. "가랑이 사이에 아무것도 없으면 얌전히나 있을 것이지!"

"덩치는 그렇게 큰 놈이!" 누군가 너털웃음을 터뜨렸다.

"그 작자 거기에 아무것도 없다는 말을 내가 들었어." 다른 사람이 맞장구를 쳤다.

"틀림없이 아무것도 없어요!" 켈라라가 말했다. "배는 그렇게 뚱뚱하면서!"

모두가 웃었다.

"신교 전도사들은 달라." 에비나가 투덜거렸다. "신교 전도사들은 적어도 몸을 쓰는 사람들이야."

"그런데 말이야, 관저에 나하고 같이 있었던 그 전도사한테 아주 웃기는 일이 있었나보데." 메카가 말했다.

"그렇잖아도 그 일이 무슨 일인지 자네한테 물어보고 싶었어." 누군가가 청했다.

"다들 알잖아!" 메카가 짐짓 딴전을 피웠다.

"아니, 몰라!" 사람들이 소리쳤다.

메카가 헛기침을 했다. 모든 사람들의 시선이 그를 향했다.

"지금처럼 결혼하기 전에," 그가 이야기를 시작했다. "그 사람은 내 처남들이 사는 마을의 신교 전도사였어. 거기서 그 사람이 족장의 아내 하나와 사랑에 빠졌지. 감히 사랑을 고백할 수가 없었어. 그 사람은 자기 마음속에 자리 잡은 악마를 쫓아내려고 아무것도 먹지 않고 오직 성수聖水에 실어 주님만을 배 속으로 흘려보냈지. 자기 자신한테 끔찍한 체벌을 가했고, 쇠약해질 때까지 기도와 고행에 전념했어. 침상 발치께에서 검지 하나를 땅에 박고 발 하나는 허공에 든 채, 몸을 활처럼 구부린 자세로 밤을 지새우곤 했다지. 그러다가 어느날, 쇠뇌를 가지고 원숭이 사냥을 떠났지. 비비 원숭이 한마리를 죽였어. 기쁜 마음으로 마을로 돌아오는데, 도중에 그만 숲속에서 그의 신덕信德을 시험하는 문제의 여자를 만났지 뭐야.

여자를 피하기는커녕, 그 사람은 아무 말 없이 죽은 원숭이를 여자한테 내밀었어. 그러고는 용기를 내서 말했지. '우거진 덤불 속에서 발견했다고 하면 될 거요. 아무튼 이 원숭이를 가져요⋯⋯ 이유야 어찌 됐든⋯⋯' 그러자 족장의 아내가 여자티를 내기 시작했어. 넌지시 자기 속마음을 보여줬지. '끝까지 가봐요, 당신이 원하는 게 뭔지 모두 말해요.' 더이상 참을 수가 없어서 전도사가 여자한테 말했어. '알다시피, 내 입은 신성합니다. 당신을 사랑한다고는 말하고 싶지 않아요. 다만, 보시오, (자기 아랫도리를 가리키며) 이놈한테 (족장 아내의 아랫도리를 가리키며) 고것이 필요하다오.'"

이야기의 끝을 사람들의 폭소가 덮어버렸다.

"말 한번 기가 막히게 했네!" 누군가가 헐떡헐떡 웃으며 말했다.

"난 여자⋯⋯ 여자한테⋯⋯ 그러⋯⋯ 그렇게 말하는 건 들어⋯⋯ 들어본⋯⋯ 적이 없어!" 다른 누군가가 딸꾹질하듯 헐떡거리며 말했다.

"그 사람이 하고 싶은 말이 뭔지는 그 사람 거시기가 알고 있었구면." 음봉도가 말했다.

"그 이야기 어디서 들었어?" 뉘아가 물었다.

"그런 일이 있었다는 말을 들었다고 누군가가 말해주었다는 이야기를 내 처남한테 들었지, 누군가 꽤 믿을 만한 사람한테⋯⋯"

"세상이 어디로 가는 거야?" 누군가가 물었다. "사람들은 태어나고 죽고⋯⋯ 사람 같지 않은 사람들도 있고⋯⋯"

"이냐스 이야기는 그만해요!" 켈라라가 말했다.

모두들 다시 웃음을 터뜨렸다.

"세상이 어디로 가느냐⋯⋯ 하는 질문을 통해서 내가 하고자 했던 말은……" 상대가 다시 말을 이었다.

"이냐스가 우리한테 한 말이 모두 사실이라면……" 다른 사람이 운을 뗐다.

졸음이 몰려오기 시작했다. 메카와 친구들은 그 질문에 대해 다시 이야기를 했다. 이제는 아무도 웃지 않았다. 훈장에 대해서도 생각하지 않았다.

"세상이 어디로 가는 거지?" 졸음에 겨워 가라앉은 목소리로 메카가 다시 한번 말했다.

밖에서 밤새 한마리가 울었다.

2

　　그날 아침, 둠에서 세개의 강, 세개의 숲, 네개의 마을, 두개의 개울을 지나면 있는 마을, 켈라라가 천둥소리와 함께 바나나 나무 둥치 밑에서 태어난 작은 마을에서, 켈라라의 오빠 엥감바는 아침식사를 끝내가는 중이었다. 식사는 바삭하게 구운 옥수수 케이크 두덩어리, 오이죽 하나, 적당히 익힌 늙은 살무사 고기 한조각이었다. 카키색 개가 주인의 발길이 닿지 않을 만큼 떨어진 곳에서 그가 먹는 것을 지켜보고 있었다. 엥감바가 개한테 불에 탄 껍질 몇개를 던져주긴 했지만, 종려유로 빨갛게 튀긴 뱀고기를 그가 먹기 시작했을 때 이름이 졸딴인 그 개는 주인의 눈빛에서 뱀고기는 국물도 없으리라는 것을 깨달았다. 그럼에도 불구하고 개의 머리는 마치 체조라도 하듯 우스꽝스러운 동작을 했다. 주인의 손이 접시에 가 있는 동안에는 아래로 숙여졌다가, 엥감바의 손이 접시에서 입을 향해 올라가면 그 손을 따라 조금씩 위로 쳐들렸던 것이다. 그렇게 뱀고기 조각의 왕복 여정이 두번 반복되었다. 엥감바가 손가락들을 핥자 개는 아궁이 쪽으로 가버렸다.

"개 주제에 맛있는 건 알아가지고!" 트림을 섞어가며, 팔을 들어 대나무 시렁을 가리키면서 엥감바가 말했다. 시렁 위에는 그의 집에서 그나마 더 나은 쓸모를 찾게 된 낡은 세수 양동이가 놓여 있었다.

집 안을 왔다 갔다 하던 아내가 가볍게 한숨을 내쉬더니, 순순히 시렁 쪽으로 다가가서 호리병박을 깎아 만든 컵을 집어들고 양동이에 담갔다. 손목까지 젖은 손에서 물방울을 뚝뚝 떨어뜨리며 그녀는 엄지와 검지 사이에 열대식 컵을 움켜쥔 채 돌아왔다. 컵을 쥔 손의 수평을 유지하느라 종종걸음을 쳤다.

남편은 멍한 눈으로 아내가 다가오는 것을 바라보았다. 큼직한 두 손으로 호리병박 컵을 받아들더니, 목젖의 오르내림에 맞추어 꿀꺽 소리 세번에 컵을 비웠다. 아내는 옆에서 기다리고 있었다. 컵을 아내에게 내밀며 그가 손등으로 입술을 닦았다. 이번에는 새끼손가락으로 배를 긁으면서 다시 한번 트림을 했다. 잘 먹었다는 표시였다.

"비앵이 살무사 고기를 나누면서 내 몫을 조금 가로챘어. 한입거리밖에 안 보내다니." 엥감바가 중얼거렸다.

"남 탓할 필요 없어요." 아내가 말했다. "당신이 살무사를 먼저 봤으니까 고기 분배를 당신이 하겠다고 비앵한테 말했어야지요."

"그런 일로 친구를 잃고 싶지 않아." 엥감바가 자리에서 일어나며 말했다.

아내는 고개를 저었다. 마지막에 엥감바가 한 말은 아침식사를 하던 그의 모습과는 도무지 어울리지 않았다. 그는 문 가까이에서,

거의 문짝 뒤에 달라붙다시피 해서 식사를 했다. 그리고 이따금 몸을 숙여 잠에서 깨어나는 마을을 바라보곤 했다.

기독교인들이 빠뉴나 담요로 몸을 감싼 채 오두막 예배당에서 돌아오고 있었다. 시내에 일가친척이 있는 사람들은 맨살 위에 바로 낡은 외투나 여성용 실내복, 잠옷 비슷한 것들을 걸쳤는데, 메달, 등나무 껍질로 목에 건 묵직한 납 십자가, 어깨띠, 묵주 따위로 요란하게 치장한 모습과 영 어울리지 않았다. 그들은 큰 목소리로 교회의 신비에 대해 토론하며 안마당을 내려왔다. 그들이 자기 집 쪽을 쳐다보면 엥감바는 야자수 문짝 뒤로 몸을 숨겼다. 모두가 아는 사람들, 혈연적으로나 정신적으로 그의 형제인 이들이었다……

그중에는 엥감바와 할례를 같이 받은 음보그시도 있었다. 음보그시의 동생은 스페인령 기니로 이주했다. 동생은 이년째 기니에 머물고 있었는데, 벌써 낡은 외투 하나, 모자 하나, 자명종 하나를 음보그시에게 보내왔다. 매일 아침 예배당에 갈 때 그는 그 외투를 입었다. 모자는 처음이자 마지막으로 한번 쓴 적이 있었는데, 박쥐상相을 한 늙은 촌충 같은 여자, 마을의 성 안나회 회장에게 청혼하러 갔을 때였다. 이십년 동안 엥감바 앞에 쪼그려앉아 밥을 언어먹은 뒤에, 자신의 영원한 죄악인 '음란한 생각'을 축일 전날마다 사제에게 고해성사하는 게 싫어서 마침내 그가 결혼할 생각을 했던 것이다. 나이 들면 생기는 작은 돌기들이 귀 뒤와 목덜미에 이미 나 있고 앞니까지 빠진 여자였지만, 성 안나회 회장은 그의 청혼을 거절했다. 음보그시는 잠시도 손에서 놓지 않는 약식 성경의 쓰잘머리 없는 주해들을 읽으면서 마음을 달랬다.

엥감바의 집 앞을 지날 때에도, 이마에 계속 잡히는 주름이 그의 고심을 말해주고 있었다. '왜 예수는 다른 이름으로 부를 수 없는 걸까······' 그 순간 엥감바는 문짝 뒤에 바싹 달라붙어서 몸을 숨겼다.

'저 왕발이가 우리 집으로 오면 정말 안되는데.' 엥감바는 음식 씹는 것도 자제하면서 속으로 생각했다.

음보그시는 잠시 망설였고, 오른쪽으로 한걸음, 왼쪽으로 한걸음 옮겨보다가 결국은 엥감바네 맞은편 집으로 뛰어갔다. 그 집에서 바나나를 빻고 있었는데, 그건 아침식사를 준비하고 있다는 확실한 표시였기 때문이다.

접시를 비우고 엥감바는 베란다로 나갔다. 그는 이빨 사이에 낀 고기들을 제거할 생각에 손으로 야자수 처마 위를 더듬어 대나무 조각을 찾았다. 소란스러웠던 첫번째 무리에 뒤이어 뒤늦게 교회에서 돌아오는 사람들의 인사에 답례하기도 했다. 그가 입에서 대나무 조각을 빼냈다. 밀펌프에서 솟구치듯 불그레한 침이 그의 입에서 발사되어 나왔는데, 조금 떨어진 곳에서 지네 한마리를 놓고 다투고 있던 오리 두마리의 울긋불긋한 깃털 위에 떨어질 뻔했다.

마을의 다른 쪽에서 소리가 났다. 엥감바는 안마당으로 나갔다. 그의 아내가 문틀에 모습을 나타냈다. 음보그시는 이빨 사이에 뼛조각을 문 채 맞은편 집에서 나왔다. 온 마을 사람들이 자리에서 일어났다. 서로 부르는 소리가 집집이 이어졌다. 남자 하나가 안마당으로 들어섰다. 그는 바지를 허벅지까지 말아올린 모습이었다. 왼쪽 어깨에 총처럼 멘 작대기에는 끈으로 묶은 흰색 천 운동화가 매달려 있었다. 면바지에 얼룩덜룩 묻은 뿌연 황토 먼지와 겨드랑이에 낀 말린 대구 꾸러미는 그가 시내에서 오는 길이라는 걸 말해주고 있었다. 그는 쫓기는 사람처럼, 배꼽춤을 추듯 꿈틀거리는 걸음으로 다가왔다.

"나쁜 소식이오?" 사람들이 물었다. "누가 죽었나?"

남자는 아니라고 고개를 저으며 걸음을 좀더 빨리했다. 엥감바를 보더니 다가와서 자기소개를 했다.

"은꼴로 멘도라고 합니다. 은골망의 멘도와 은꼴로의 아들입니다."

"알지, 알아." 남자에게 자기 집을 가리키며 엥감바가 말했다. "들어오게, 내 집은 자네 집이니까."

남자가 앞장을 섰다. 엥감바의 아내는 비켜섰다. 남자가 시렁으로 다가가 물컵을 가득 채우더니 개처럼 컵 바닥을 핥을 듯이 물을 마셨다. 이윽고 만족한 듯 한숨을 내쉬며 앉을 자리를 찾았다. 두개의 대나무 침상 중 하나에 걸터앉더니, 대구 꾸러미는 바닥에, 작대기와 천 운동화는 조금 떨어진 곳에 내려놓았다. 그가 손으로 자기 입술을 만졌다.

"도대체 무슨 일인가?" 엥감바가 초조하게 물었다.

남자는 들은 척도 하지 않았다. 수수께끼처럼 알쏭달쏭한 표정과 함께 그의 얼굴이 심각해졌다. 마른 대구 꾸러미를 다리 사이에 끌어다놓은 다음, 운동화 끈을 풀었다가 매는 일을 반복했다. 그사이에 엥감바의 집은 부쩍 사람들로 채워졌다. 발바닥이 엥감바의 집 문턱에 닿는 순간 마을 사람들의 수다는 끝이 났고, 이제 사람들의 시선은 은꼴로 멘도의 입술 위에 고정되어 있었다. 사람들의 발길질에 가엾은 졸딴이 쫓겨나고도 빈자리가 더이상 없게 되었을 때, 고집스럽게 대구 꾸러미만 바라보던 남자가 고개를 들어 엥감바를 쳐다보았다. 엥감바는 고개를 두바퀴 돌린 다음, 뒤를 돌아보고는 체념한 듯 은꼴로의 태평한 얼굴을 똑바로 쳐다보았다.

"우리 귀는 모두 자네를 향해 있어." 눈길로 사람들의 동의를 구하며 음보그시가 말했다.

사람들의 머리가 앞뒤로 끄덕끄덕 흔들렸다. 안심이 된 그가 다시 말했다.

"엥감바는 우리 모두야. 특별히 엥감바의 일인 건 아무것도 없지. 그의 괴로움, 기쁨—엥감바의 아내 아말리아를 바라보며—그의 아내…… 모든 게 우리들의 일이야."

"말해 뭐해." 누군가가 거들었다.

외지인 남자는 두툼한 아랫입술을 만지작거리면서, 가벼운 고갯짓으로 음보그시의 말에 동의를 나타냈다. 그가 작고 낡은 멘톨라툼병 하나를 꺼냈다. 병마개를 열더니 갈색 가루를 한줌 집어서 고릴라처럼 시커멓게 털로 뒤덮인 자기 콧구멍에 깊숙이 밀어넣었다. 두 눈에 뿌옇게 눈물이 고였지만 그는 단호하게 머리를 흔들며 눈물을 참았고, 손등으로 코끝을 문지르면서 다른 한 손으로 음보그시에게 병을 건네주었다.

"이 가루담배, 물건이네! 이런 담배 맛은 정말 오랜만이야." 음보그시가 코를 틀어쥐며 말했다.

"난 머릿속이 다 시원해지고, 치통도 사라졌어." 또다른 사람이 말을 보탰다.

외지인 남자가 몸을 비틀어 빈 병을 바지 뒷주머니에 밀어넣었다. 그가 아주 오래, 너무 오래 뜸을 들이는 바람에, 엥감바와 그의 친구들은 안달이 나서 거의 숨이 멎을 지경이었다.

"여러분 중에 촌장이 계시오?"

그 질문에 집 안의 모든 사람들이 불안해졌다. 이십년째 쪼그려 앉기만 해왔던 음보그시가 털썩 주저앉으며 엉덩방아를 찧었다. 그의 눈에 엥감바가 어깨를 으쓱하는 것이 보였다.

"그렇게 중요한 일인가?" 음보그시가 외지인 남자에게 물었다.

"중요하다면 중요하고 아니라면 아니지요." 그가 대답했다. "그냥 한번 물어본 겁니다……"

엥감바가 자리에서 일어나 집 한복판으로 나섰다.

"모든 일에는 다 까닭이 있고 모든 일에는 원인이 있으며, 그에 따라 합당한 결과가 생기는 법이지."[16] 그가 말했다.

그는 야자수 지붕을 떠받치고 있는 하나뿐인 말뚝에 기대어 의미 없는 말들을 계속했다.

"유령들이 중얼거리면 반드시 밤에 비가 오지. 내가 '목소리를 낮추자'고 말한다면 적이 있기 때문이고. 안 그래?"

"그렇지이이!" 엥감바의 집에 빼곡하게 들어앉은 서른명의 쉰 목소리가 대답했다.

"엥감바 말이 딱 맞는 말이야." 누군가가 말했다.

"어르신들만 할 수 있는 말이지." 다른 사람이 말했다.

엥감바가 자기 자리로 돌아갔다. 그 뒤를 이어 음보그시가 말뚝에 기대려고 했다.

"앉아." 누군가가 끼어들었다. "자네도 어른이야? 청하지도 않은 잔치에 꼭 북을 들고 끼어든다니까. 그렇게 말이 고픈가?"

"엥감바는 내 형제야." 음보그시가 상대의 말을 잘랐다. "어머니 쪽이 같은 집안이거든. 엥감바 어머니하고 내 어머니는 모두 바네스 부족이라고…… 저 사람 일은 나하고도 관계가 있어. 우린 같은 핏줄이고, 내가 저 사람 대신 말할 수도 있어…… 말해봐, 내가 자네 집에서 밥 먹은 일 있나? 있냐고?" 음보그시가 열을 올렸다.

---

16 현지 격언.

"여기서 나가야 할 사람은 바로 자네야!" 음보그시가 노화 탈모로 뒷머리가 완전히 벗어진 사내를 향해 소리쳤다.

"입들 다물어!" 다시 말뚝으로 다가가며 엥감바가 소리쳤다. "이 자리는 자네들이 푸닥거리하는 자리가 아니야…… 외지인이 나한테 전해줄 소식이 있다지 않아. 아직 그 소식이 뭔지도 모르는데, 자네들은 그저 소란만 피우는군! 마을이 왜 이 모양이야?"

엥감바가 자리로 돌아갔다. 웅얼웅얼, 그의 말에 동조하는 목소리들이 들렸다.

"외지인 손님, 이제 당신이 말할 차례야." 누군가가 말했다.

"제 차례군요." 은꼴로가 자리에서 일어났다.

잠시 뜸을 들이더니 그가 말을 시작했다.

"모든 일에는 다 까닭이 있는 법이죠…… 아직 내 가슴속에 있는 이 소식을 당신한테 전해주려고, 나는 어제 찌는 것 같은 햇볕 속을 걸었고 밤에는 내내 정령들과 맞서 싸웠어요. 그러니 굳이 발언권을 안 준다 해도 나는 말을 해야 해요…… 둠에서 오는 길인데, 거기서 내가 보고 들은 일은 정말 엄청난 거예요. 카카오 열매를 좀 팔아볼까 하고 거기 갔었지요. 미래의 내 장인 장모가 딸과 정식으로 결혼하려면 마른 대구를 가져오라고 요구했거든요. 돈 삼만 프랑, 맥주 한상자, 모자 하나, 소금 한자루, 밀림용 칼 세개, 양 다섯마리, 물 양동이 하나, 쇠냄비 하나, 쌀 한자루는 벌써 줬어요. 마른 대구만 남아 있었지요. 그래서 그리스 놈들한테 카카오 열매를 팔러 간 겁니다. 우리한테서 모든 걸 훔쳐가는 그놈들한테요. 둠에 도착하자 보통 때와 공기가 다르다는 느낌이 들었어요. 눈에 보이는 모든 사람들이 뭔가를 기다리고 있는 것 같았지요. 죄수들이 거리를 청소하고, 네거리마다 종려나무 아치를 세웠어요. 무장

한 원주민 부대 병사들을 실은 트럭들이 사령관 집무실을 향해 줄줄이 전속력으로 달려가더군요. 아시죠, 이빨은 톱니 같고, 숫양 불알처럼 생긴 얼굴이 까맣기는 냄비 바닥 같은, 가봉 쪽에서 온 그 원주민 부대 병사들 말이에요. 병사들의 총 끄트머리에서 대검이 번쩍번쩍했어요. 보신 적들이 없겠지만, 백인 병사들도 있었어요."

"전쟁이야! 전쟁! 전쟁이 난 거야!" 음보그시가 신음하듯 내뱉었다. "전쟁이 났어. 나는 독일 사람들이 그렇게 당하고 있지 않을 줄 알았다니까……"

그는 중간에 숨도 돌리지 않고 양팔을 흔들면서 그렇게 말했다. 평화로운 주리앙 마을 농부들의 마음을 불편하게 만드는 그 말에 넋이 나가서, 사람들이 그를 쳐다보았다.

"나도 처음엔 그렇게 생각했어요." 외지인이 다시 말을 시작했다.

사람들이 웅성거렸다. 모두들 겁을 먹었던 것이다.

"나도 처음엔 그렇게 생각했어요." 그가 한번 더 말했다. "그런데! 그럴 염려는 없어요. 사실은 백인들의 우두머리가 오기 때문에 둠이 경계 태세에 있는 거랍니다. 땅바에 있는 우두머리가 아니라 빠리에 사는 우두머리, 그것도 그 우두머리의 환영이나 닮은꼴이나 측근이 오는 게 아니라, 그 우두머리가 직접 온다는 거예요. 둠에 와서 훈장을 수여……"

"메카!" 엥감바가 소리쳤다. "내 매제 메카 얘기지, 안 그래? 내 그럴 줄 알았어! 어젯밤에 내가 코끼리보다도 더 키가 커지는 꿈을 꿨거든."

그는 외지인을 끌어안았다가, 좀더 잘 보려고 떼어놓았다가, 다시 또 껴안았다. 아말리아는 상반신을 흔들어대며 자기가 낼 수 있는 가장 날카로운 기쁨의 탄성을 내질렀다. 배 위로 축 늘어진 젖가슴이 요동치는 바람에 밋밋한 가슴 밑에서 원피스가 부풀어올랐다가는 다시 납작해졌다.

밖에서 다른 '세이렌들'이 그녀에게 화답했다. 그녀는 잽싸게 밖으로 달려나가 안마당에서 혼자 춤을 추기 시작했다. 도처에서, 마을의 이쪽 끝에서부터 저쪽 끝까지 연기 자욱한 집들에서 나온 '세이렌들', 가옥들 뒤편의 숲을 구불구불 가로질러 마리고[17]에 이르기도 하고 혹은 들판으로 이어지기도 하는 수많은 비포장 길을 통해서 온 '세이렌들'이 이내 그녀를 둘러쌌다.

사람들은 아직도 엥감바와 외지인 곁을 떠나지 않고 있었다.

"둠에서," 분위기가 진정되자 외지인이 말했다. "당신 매제는 사령관만큼 유명해요. 나는 그 사람을 모른다고 말하기가 창피할 정도예요. 그렇지만 그가 우리 집 근방의 여자와 결혼했다는 말을 듣고는 바로 켈라라를 생각했어요. 시내 근처에 사는 누군가와 결혼한 근방의 여자는 켈라라밖에 없을 겁니다. 이제 남편이 훈장을 받으면 켈라라는 백인 여자가 되는 거죠."

"그 사람 이제 고생도 끝이고 시름도 끝이군." 엥감바가 생각에 잠겨 말했다. "정말 운 좋은 사람이지 뭔가."

"자네도 마찬가지야." 음보그시가 끼어들었다. "이제는 자네한테 무슨 일이 생기면, 사령관한테 가서 자네가 백인들의 우두머리가 와서 훈장을 달아준 사람의 처남이라고 말하기만 하면 될 거야."

"그렇고말고요." 외지인이 맞장구를 쳤다. "당신 가족, 친구들,

---

17 우기에 강이 범람하여 작은 호수나 늪으로 바뀐 저지대.

그 친구들의 친구들까지도 이제는 특별한 사람들입니다. 이렇게 말하기만 하면 어디서나 환영받을 테니까요. '나는 메카의 처남의 친구의 친구요.' 당신과 말을 하고 있는 나도 약간은 훈장을 받은 기분이니까요……"

"우리도 그래, 우리도." 주위 사람들이 말했다. "우리가 그 사람한테 켈라라를 시집보냈으니까."

엥감바가 갑자기 대단한 사람으로 보여서 그를 바라보는 친구들의 눈길에 선망의 빛이 역력했다. 엥감바는 문득 하늘에서 떨어진 듯한 그 인기가 아주 기꺼웠다. 그는 둠에서 있었다는 일들을 다시 곱씹어보았다.

"아쉽게도 7월 14일은 내일모레야. 여기서 30킬로 떨어진 곳에서 기르는 새끼 양들을 가져올 수도 있었는데. 매제한테는 늙은 염소밖에 가져가지 못하겠어. 마을에 남아 있는 내 짐승은 그것뿐이니까."

누군가가 그에게 암탉을 주겠다고 약속했고, 어떤 사람은 오리를, 또다른 사람은 종려유 한병을 약속했다.

'그 사람들이 그렇게만 해준다면 좋겠는데'라고 엥감바는 생각했다.

그는 늙은 염소 이야기를 한 것을 후회했고, 또한 거짓말이 중죄가 아니라는 것도 아쉬웠다. 그게 중죄였다면 약속받은 모든 것을 틀림없이 받을 수 있었을 테니까.

외지인에게 더이상 흥미있는 이야깃거리가 남아 있지 않다는 것을 깨달은 마을 사람들이 하나둘 물러갔고, 이윽고 엥감바는 은꼴로와 단둘이 남게 되었다. 그는 은꼴로에게 훈제 코끼리 고기 한 조각과 물에 탄 마니옥을 조금 선물했다. 아말리아가 바나나 잎에 음식들을 쌌다. 은꼴로가 말린 대구 꾸러미를 풀더니 거기에 아말리아가 준 꾸러미를 밀어넣었다. 그는 꾸러미를 다시 묶어서 자기 머리에 반듯하게 얹었다. 엥감바는 마을 끄트머리의 강둑까지 그를 배웅했는데, 그 강둑을 경계로 엥감바의 부족이 사는 마을이 끝나고 은꼴로가 속한 예메예마스 부족 마을이 시작되었다.

"친구가 형제보다 낫지." 헤어지면서 엥감바가 말했다. "우리 집은 자네한테 항상 열려 있네. 우리 집 베란다 앞을 지나가게 되면 내가 없더라도 들러서 요기를 하거나 잠시 볕을 피했다가 가게."

"저는 형제 이상의 분을 알게 되었습니다." 말린 대구 꾸러미를 어깨 위로 내리면서 은꼴로가 대꾸했다. "어쩌다 발길이 은골망까지 닿게 되신다면, 취해서 정신을 잃을 때까지 맛있는 종려주를 대접하겠습니다…… 내 세번째 아내가 바지런하니, 등을 따뜻하게 해드릴 겁니다……"

그들은 악수를 했다. 엥감바는 은꼴로가 건들거리는 걸음걸이로 멀어져가는 것을 바라보았다. 좁은 강을 가로질러 놓인 하나뿐인 널빤지 다리 위에서 은꼴로의 몸이 건들거리는 것을 볼 때는 약간 불안하기도 했다. 사고는 없었다. 은꼴로가 맞은편 기슭에 도착했을 때, 두사람은 또다시 손을 흔들었다.

"신의 가호가 있기를!" 은꼴로가 소리쳤다.

"신의 평화가 함께하기를!" 엥감바가 대꾸했다.

엥감바는 다시 마을로 돌아왔다. 구불구불 길이 나 있는 잔디밭에 시선을 붙박은 채 뒷짐 진 자세로 생각에 잠겨 걸음을 옮기다가, 문득 그가 돌아섰다. 강 저쪽의 떨기나무 덤불 속에서 은꼴로가 씨름하고 있었다. 그는 살짝 마음이 아팠다. 그가 어깨를 으쓱했다. 슬퍼지려 할 때 슬퍼지지 않으려고 하는 습관적인 몸짓이었다. 특별히 은꼴로를 잘 알지는 못했지만, 그는 은골망의 모든 주민들이 자기 친구들이라는 것을 알고 있었다. 그는 은꼴로에게 자고 가라고 말하지 않은 것을 후회했지만, 아내가 여럿인 은꼴로의 입장에서는 졸딴의 잠자리인 대나무 침대에서 혼자 자는 것이 영 따분한 일이었을 거라는 생각으로 위안을 삼았다. 그는 함께 가톨릭 신앙을 받아들인 아내 아말리아를 생각했다.

어떤 막연한 우울감에 그가 이마를 찌푸렸다. 그는 아버지의 재산을 물려받았던 시절, 좋았던 옛 시절을 떠올렸다. 그 시절 그는 부자였고, 주리앙 사람들은 "엥감바처럼 부자"라는 표현을 썼다. 아버지는 돌아가시면서 열명의 젊은 여자와 어머니를 그에게 남겼다. 그 당시에 켈라라의 젖가슴은 레몬처럼 부풀어 있었다. 엥감바는 집 앞 정자亭子에서 아프리카의 다처남多妻男의 삶에 일어나는 여러가지 일들에 대해 의논하며, 아내들 중 한사람의 양 무릎 사이에 앉아 소일하곤 했다. 나태하고 안락한 삶이었고, 아내들 사이의 경쟁심 덕분에 남자인 그는 누리기만 하면 되는 삶이었다. 그 시절에 그는 백인들과 백인들의 종교가 자기가 누리는 행복의 강력한 적이 되리라고는 생각하지 못했다. 그는 첫번째 사제가 주리앙에 도착하던 날 아침을 떠올렸…… 사제는 대죄와 천국에 대해 말했다…… 달리 어쩔 수가 없어서 사람들은 그의 말에 귀를 기울였다. 그런데 사제가 종교적 결혼에 대해 말하면서부터 상황이 바뀌었다. 그때까지 낡은 말뚝에 매인 염소들처럼, 풀려나고 싶어도 그저 제자리에서 맴돌기만 하던 여자들이 종교적 결혼을 빌미 삼아 세례를 통한 자유를 요구하기 시작했다. 자칫하면 자신도 안 좋은 상황에 빠지고 조롱거리가 될지도 모른다는 예감에 엥감바는 선수 치듯 개종을 해버렸다. 아내들 중에서 유일하게 아말리아가 교회에서 그와 결혼하는 것에 동의했다. 그날 사제는 상기된 얼굴로 두 눈을 빛내면서 성령의 역사役事에 대해 말했고, 개종한 첫번째 이교도인 엥감바의 가슴속에 하느님의 은총이 첫발을 내디뎠다면서 외딴 오지에서 로마 가톨릭이 거둔 성공에 대해 말했다.

은꼴로는 그런 불운을 겪지 않았다. 그에게는 여전히 다섯명의 아내가 있었고, 머지않아 여섯번째로 '영양의 다리를 부러뜨릴'[18] 참이었다.

"정말 행운아야!" 두 팔을 하늘로 쳐들며 엥감바가 소리쳤다.

이제 그는 메카를 생각했다. 그와 메카는 나이가 비슷했다. 켈라라가 아직 여자아이들도 알몸으로 뛰어다니는 나이였을 때, 메카는 켈라라를 알게 되었다. 메카는 손윗누이가 남긴 유산의 일부를 찾으러 갔다가 오는 길에 주리앙을 지나가게 되었다. 그 당시 엥감바의 아버지는 주리앙에서 가장 힘있는 사람이었다. 그의 정자가 마을 안마당을 가로질러 지어져 있었기 때문에, 길을 따라 주리앙을 지나가려는 사람들은 아내들 중 한명의 허벅지 위에 놓인 그의 긴 다리를 넘어가야 했다. 길손들은 모두 아침마다 노예가 가서 구해오는 종려주 몇통을 그와 나누어 마셨다. 힘있는 사람인지 가난뱅이인지에 따라 길손들은 그의 친구가 되기도 하고 노예 취급을 받기도 했다. 메카가 주리앙에 왔을 때, 엥감바의 아버지는 둠에서 온 음베마 남자에게는 뒤를 받쳐주는 다른 사람들이 있다는 것을 깨달았다. 자기와 대등한 사람들에게는 언제나 싹싹했던 그가 아직 배가 불룩 나온 아기였던 켈라라를 불러 메카의 넓적다리 위에 가서 앉게 했다.

---

18 '신혼'을 의미하는 현지 원주민들의 표현.

"자네 처일세." 그가 메카에게 말했다. "적당히 크면 데려가게 나."

그렇게 해서 엥감바는 메카의 처남이 되었다. 그런데 메카가 훈장을 받고, 심지어 누구한테 받는다고? 모든 백인들의 최고 우두머리한테! 엥감바의 상상 속에서 그는 독일인들을 무찌른 자였다. 그자는 진정한 우두머리였다. 그가 메카를 알고 있거나 메카에 대한 이야기를 들은 것이 분명했다. 메카의 이름이 바다 여러개를 건너 백인들의 최고 우두머리의 귀에까지 들어갔고, 그 우두머리가 메카에게 자기 우정을 증명해 보이기 위해 몸소 이곳에 오기로 결정한 것이다. 그자가 메카에게 백인 여자를 데려다줄 수도 있을 것이고, 원주민들한테는 절대로 팔지 않는 술인 베르제를 몇병 가져다줄 수도 있지 않겠는가?

"행운아야!" 다시 한번 양팔을 하늘로 쳐들면서 그가 소리쳤다.

우두머리의 친구인 사람도 약간은 우두머리가 아닌가? 메카의 운명은 얼마나 얄궂은가! 한낱 농사꾼이었는데 이제는 백인들 사이에서 행세하게 되었다. 원주민 중에서는 메카만이 귀까지 모자를 눌러쓰고 사령관 집무실 앞을 지나갈 수 있을 것이다. 메카가 백인들 앞에서 모자를 벗는 대신에 백인들이 메카 앞에서 모자를 벗게 될 참이었다.

"행운아야!" 양팔을 하늘로 쳐들며 그가 소리쳤다.

갑자기 행복해진 엥감바는 양발을 번갈아가며 깨금발을 뛰었다. 뼈가 우두둑 소리를 냈다. 그는 허리 주위를 양손으로 받치고 머리를 가볍게 흔들기 시작했다. 자신이 더할 나위 없이 중요한 사람으로 느껴졌다.

"메카는 내 매제잖아! 내가 그 사람 처남이라고! 내가 훈장 받은 사람의 처남이 된다니까!"

그가 물결치듯 상체를 흔들었다.

"나는 자네 발치게에도 못 가겠어!"

거의 알몸인 상태로 어깨에 덫을 멘 음포모가 모르는 사이에 다가와서 큰 소리로 그에게 말했다.

그 말은 엥감바가 멋지고 감탄스럽다는 의미였다.

"둠에서 있을 성대한 파티를 미리 앞당겨서 해보는 거야!" 엥감바가 대꾸했다. "늙은 게 아쉬워! 자네도 기억나지, 우리가 젊었던 시절에는 몇주일 동안 계속해서 춤을 춰도 지치지 않았잖아! 지금은 언덕 하나 올라가려고 해도 다 죽어가는 사람처럼 헐떡헐떡한다니까."

"일만 하고 고기를 못 먹어서 늙는 거야." 음포모가 대꾸했다. "그런데, 둠에는 언제 가나?"

"7월 14일이 모레니까, 이따가 저녁에 볕이 덜 뜨거워지면 떠나야지. 밤에 갈 거야. 열기가 뜨거울 때 염소를 몰고 가기는 어려워. 켈라라네 부부가 더 있으라고 붙잡지만 않으면, 파티 끝나고 와야지."

"자네는 좋겠어, 내일 소고기를 먹잖아!" 음포모가 말했다. "난 소고기 맛이 어떤지 잊어버렸어. 원숭이들도 점점 줄어들고. 조만간에 덫을 내던져버려야지."

엥감바는 뭐라 대꾸할 말을 찾지 못했다. 애매한 몸짓을 하더니, 음포모의 품에 뛰어들어 작별인사를 했다. 그들은 서로 포옹했다.

"자네한테 아무런 나쁜 일도 없기를 비네!" 엥감바의 팔뚝을 꼬집으며 음포모가 말했다. "정말 고마워." 마찬가지로 음포모의 팔뚝을 꼬집으며 약간 떨리는 목소리로 엥감바가 말했다.

두 사람의 팔이 각각 상대방의 아래 팔뚝 위로 미끄러졌다. 두 사람은 서로 양손을 움켜잡고 상대를 떠밀어냈다.

음포모는 거대한 네발짐승처럼 덤불숲 속으로 사라졌다. 엥감바는 집 뒤쪽으로 갔다.

건기 끝 무렵의 뜨거운 공기 속에서 라피아야자가 딱딱 소리를 냈다. 짧은 우기가 오기 전에 들판에 파종하는 일을 서둘러 끝내려고 이 무렵이면 농부들은 일찍 집을 비웠다. 방치된 아이들 몇몇이 한 손에는 바나나, 다른 한 손에는 뼛조각을 든 채 베란다 그늘에서 울고 있었다. 카카오를 말리는 안마당의 건조대 밑에 염소들이 모여 있었는데, 털 위로 부서지는 햇살 때문에 염소들이 마치 뿔 달린 표범처럼 보였다.

엥감바는 몸에 두른 빠뉴 자락으로 코를 풀었다. 집 벽에 몸을 비비고 있던 어린 염소를 쫓은 뒤에 집 안으로 들어갔다.

아말리아가 집 안을 오가고 있었다. 그녀는 집 한복판에 커다란 바구니를 놓아두었다. 엥감바가 들어갔을 때, 아말리아는 이미 바구니의 사분의 일을 땅콩으로 채워놓은 상태였다. 그녀는 뒤이어 바구니에 바나나 네송이, 남은 훈제 코끼리 코, 말린 옥수수 반죽 몇개, 종려유 두병, 사탕수수 네조각, 오렌지 두개, 담뱃잎 몇개를 넣었다.

졸딴이 앞발을 세운 자세로 앉아서 놀란 듯이 그녀를 바라보았다. 주인이 집 안으로 들어오자 개는 침상 밑으로 사라졌다.

"염소 붙잡아오지 않고 뭘 꾸물거려요?" 아말리아가 말했다.

엥감바가 잇새로 한숨을 내쉬었다. 아내가 그에게 옥수수 한자루를 내밀었다. 그가 졸딴을 부르자 겁먹은 개가 침상 밑에서 낑낑거렸다.

"여기서 나가!" 침상을 거칠게 들어올리며 엥감바가 소리쳤다.

개는 안마당으로 뛰어나갔다. 엥감바는 마을 가축들 한 무리가 모여 있는 건조대 밑으로 갔다. 그는 자기 염소가 거기 있는지 보려고 마을 가축들을 쫓아버렸다. 짐승들이 흩어졌다. 에보고는 없었다.

에보고는 엥감바가 염소에게 붙여준 이름이었다. 검은색 수염에 뿔이 부러진 흰 염소였다. 주리앙에서 걸어서 하루 걸리는 곳에서 전도사가 된 그의 대자代子가 결혼했을 때, 사람들이 그에게 준 염소였다. 집에 익숙해지게 하려고, 처음 며칠 동안 엥감바는 염소를 집의 하나뿐인 말뚝에 비끄러매놓았었다. 염소가 집에 꽤 익숙해졌다는 판단이 서자, 배설물을 치우는 데 신물이 난 아말리아가 짐승을 밖으로 내보냈다. 주인집에 대한 향수가 생긴 에보고는 절대로 베란다 너머까지 가지 않았다. 처음에는 엥감바도 염소가 자기를 좋아한다는 걸 알고 기분이 썩 좋았다. 그는 염소에게 에보고라는 이름을 붙여주었는데, 아버지가 돌아가시면서 유산으로 물려주어 그의 차지가 된 여자들 중 막내였던 젊은 여자의 이름이었다. 엥감바에 대해 생쥐가 고양이에게 느끼는 감정밖에 없었던 이 여자는 백인 사제가 자기를 그 증오스러운 남자로부터 풀어줄 날만을 기다리며 살았다.

이내 에보고는 성가신 존재가 되었다. 가끔씩 엥감바는 자기 대나무 침상 위에서 에보고가 되새김질하는 것을 보았다. 처음에는 그게 재미있었지만, 어느날 아내가 염소 냄새가 난다면서 그를 밀쳐냈다. 에보고가 어둠속에서 눈을 반짝이며 기다리는 동안, 그는 자기 겨드랑이 냄새를 맡아보았다. 그러고는 미친 사람처럼 후다닥 일어나 화덕의 돌 하나를 집어 에보고를 향해 거칠게 던졌고,

염소는 걸음아 날 살려라 달아났다. 그날 이후로 에보고는 마을 다른 쪽 끝의 음포모네 염소 우리로 이사를 가버렸다.

엥감바는 졸딴을 부르면서 안마당을 다시 거슬러올라갔다. 개는 중국인 남자의 아내처럼 공손하게 일정한 거리를 둔 채 그를 따라왔다. 엥감바는 목이 터져라 에보고의 이름을 불렀다. 한시간 뒤에야 그는 다른 염소들 뒤를 따라 카카오밭에서 튀어나오는 에보고를 보았다. 자기 임무를 깨달은 졸딴이 짖어대며 염소의 앞길을 막아섰다. 엥감바가 옥수수 몇알을 던졌지만 발정이 난 염소는 쳐다보지도 않았다. 다른 염소들이 조금 떨어진 곳에서 음매음매 울면서 에보고를 기다리고 있었다. 엥감바가 몇걸음 다가갔다. 염소가 졸딴과 주인 사이 빈 공간으로 달아났다. 엥감바가 염소에게 욕설을 퍼부었다. 졸딴이 짖어댔다. 개 한마리, 뒤이어 다른 개들 몇마리가 화답했다. 이내 엥감바는 사냥개 무리에 둘러싸였다.

"고맙다, 졸딴." 엥감바가 개에게 미소를 지어 보이며 말했다.

졸딴과 다른 개들이 염소를 뒤쫓아 달려갔다. 위험을 깨달은 염소들이 수컷을 남겨둔 채 사방으로 흩어졌다. 이내 포위된 에보고는 더이상 움직이지 않았다. 엥감바는 염소의 뒷다리를 노렸다. 염소가 사냥개 몇마리와 대치하고 있는 사이에 그가 양팔을 앞으로 내밀었다. 한발짝 다가선 엥감바가 난폭하게 뒷다리를 움켜잡자, 염소가 울면서 뒷발질을 했다. 엥감바는 잘 버텨냈다. 그는 뒷걸음질로 염소를 집에까지 끌고 갔다. 졸딴과 다른 개들이 염소의 옆구리를 가볍게 물어뜯었다. 아말리아가 등나무 밧줄을 가져왔다. 에보고는 주인의 손으로 집의 기둥 말뚝에 묶였다.

엥감바는 깊은 숨을 내쉬었고, 손바닥으로 얼굴을 비볐다. 그는 물 한 컵을 마셨다. 졸딴은 다리 사이에 혀를 늘어뜨리고 있었다.

에보고는 더이상 밧줄을 흔들어대지 않았다. 녀석이 되새김질을 했다.

아말리아가 등에 진 바구니 때문에 몸을 구부린 자세로 안마당 한복판에서 이웃 여자 망그에게 마지막 지시를 하고 있었다.

"매일 저녁 암탉들한테 문을 열어줘요." 그녀가 큰 소리로 말했다.

"나프탈린하고 소꼬리 사오는 거 잊지 마요." 망그가 그녀에게 다짐을 받았다.

"안 잊을게요." 아말리아가 대답했다.

"마치 당신이 하는 것처럼 모든 일을 할게요." 망그가 말했다.

"졸딴은 어떻게 할 거예요?" 망그가 물었다.

아말리아가 허리를 추슬러 등의 바구니를 위쪽으로 밀어올렸다. 그녀는 잇새로 한숨을 내쉬었다. 그녀는 짐의 무게 때문에 뻣뻣해진 목을 어렵사리 돌려서, 작별인사를 하고 있는 자기 주인으로부터 멀찍이 떨어져 있는 개를 바라보았다. 자기 이름이 들리자 졸딴이 두 귀를 쫑긋대며 안주인에게 다가왔다.

"개는 안 데려가요?" 망그가 다시 물었다.

"도시엔 차들이 너무 많아." 아말리아가 말했다. "백인들은 저런 짐승들한테는 신경도 안 써요…… 졸딴을 돌봐줄 수 있겠어요?"

망그가 개를 불렀다. 항상 말 잘 듣는 졸딴이 새 주인을 따라갔다.

엥감바는 한 손에 투창을 든 채 끝도 없이 작별인사를 했다. 가다가는 안마당에 모여 있는 마을 사람들 쪽으로 다시 돌아오고, 가다가는 다시 돌아오곤 했다. 그사이에 아말리아는 마을의 마지막에서 두번째 집 앞을 지나가고 있었다.

"돌아오면 전부 이야기해줘." 음보그시가 말했다. "우리는 자네가 돌아오기를 기다리는 낙으로 살 테니까."

"내 생각에는 틀림없이 저 사람도 백인들 우두머리와 함께 식사할 거야." 다른 누군가가 끼어들었다. "저 사람 매제를 초대하면서 우두머리가 저 양반도 초대할 거야, 틀림없어."

사람들 사이에서 부러워하는 중얼거림이 새어나왔다. 엥감바가 사람들의 팔뚝을 꼬집으면 사람들도 모두 그의 팔뚝을 꼬집었고, 사람들이 그를 밀쳐내면 엥감바도 그들을 밀쳐냈다. 그가 에보고를 말뚝에서 풀러 갔다.

숲 그늘이 안마당에 드리워졌다. 저녁 앵무새들이 마을을 가로지르며 하늘 높은 곳에서 요란스럽게 울어댔다.

한 손에 투창을 들고 다른 한 손에는 염소 목줄을 쥔 채 엥감바는 멈춰서서 한번 더 작별인사를 하고 싶었지만, 에보고가 줄을 잡아당겼다. 그는 어쩔 수 없이 앞으로 걸어갔다. 그가 첫걸음을 내딛자 엉덩이 사이에 끼어 있던 빠뉴가 펼쳐졌고, 카키색 저고리의 뒤트임으로는 그가 허리에 매달고 다니는 표범 어금니가 드러나 보였다.

3

　은꼴로의 말은 거짓이 아니었다. 둠은 분위기가 바뀌어 있었다. 7월 14일의 활기와 열기는 할례 축제 못지않은 법인데, 올해는 예년 같지 않았다. 준비 기간 동안의 무거운 긴장이 원주민들의 뇌리 속에 전쟁이 일어났다는 생각을 심어놓았다. 누렇게 먼지를 뒤집어쓴 원주민 병사들을 가득 태운 채 첫번째 트럭들이 전속력으로 중앙상가를 가로질러 사령관 집무실 앞에 주차하자, 모두가 불안에 사로잡혔다.

　"다시 또 전쟁이야! 전쟁이 또 시작됐어!" 원주민들이 겁에 질려 작은 목소리로 속삭였다.

　사람들은 원주민 병사들을 태운 똑같은 트럭들이 자기들 나라를 가로질러 백인들의 나라로 싸우러 갔던 어두운 기억을 떠올렸다. 세상일에 무지한 사람들은, 그 무렵에는 더이상 젠체하며 가슴을 내밀고 걷지 않던 백인들이 이번에는 평소의 자세로 되돌아간 것을 보고 불안해했다. 죄수들이 도로를 쓸고 야자수 아치를 세우고 깃발을 거는 모습을 보고서야, 사람들은 모두 마음을 놓았다.

둠에 새로 온 행정 책임자 푸꼬니 씨는 총독이 오는 날과 겹치는 국경일을 특별히 화려하게 만들고 싶었다. 그는 원주민 부대 중대 하나를 요청하여 거리에서 행진 연습을 시켰다. 평화 시에는 둠에서 들어본 적이 없는 군가가 원주민들을 흥분시켰다. 하늘의 하이에나들인 솔개, 매, 독수리 들이 요란하고 낯설어진 둠의 풍경에 불안해져서 하늘 높이 날아올랐다.

푸꼬니 씨가 셔츠 바람으로 직접 작업을 감독했다. 7월 14일 축제 행사는 그의 집무실 앞에서 펼쳐질 예정이었다. 안마당에서는 죄수들이 석회 가루로 소속에 따라 사람들의 자리를 표시했다. 깃발이 펄럭이는 깃대에서 멀지 않은 곳에는 훈장 받을 사람들이 자리할 원 하나가 그려져 있었다. 모든 준비가 끝나자 푸꼬니 씨는 두 손을 비비며 담배꽁초를 내던졌다. 죄수 하나가 그 담배꽁초를 주워들었다. 푸꼬니 씨는 자기 차 쪽으로 갔다. 차창을 통해 방금 자신이 만들어놓은 조잡한 풍경을 흐뭇한 눈길로 한번 더 둘러본 다음, 요란하게 차를 출발시켰다.

'내일 비만 안 오면 되겠는데!' 그는 속으로 생각했다.

원주민들의 입장에서는 푸꼬니 씨도 다른 유럽인들과 마찬가지로 나이를 짐작하기 어려웠다. 그의 첫번째 시동侍童이 그의 틀니를 들고 사라져버린 날까지, 그는 젊은 행정관으로 통했다. 햇빛에 침팬지 엉덩이처럼 새빨개진 뒤룩뒤룩한 얼굴 한가운데 코가 우뚝하니 솟아 있었다. 술을 안 마셨을 때는 끔찍하게 화를 내다가도 위스키 한잔을 마시고 나면 이내 조용해졌다. 그는 원주민 여자와 살았는데, 동국인인 프랑스 사람들을 손님으로 맞을 때면 여자를 일

층의 잡화 가게에 숨겼다. 총독이 도착하기 전날, 그는 여자를 원주민 구역으로 보냈다.

푸꼬니 씨가 관저에 도착했을 때, 세탁소 주인이 가져온 흰색 정장이 막 도착해 있었다. 그는 시동의 손에서 정장을 낚아챘다. 그는 옷을 이리저리 돌려보고 냄새도 맡아보았다.

"이 아마포 상의는 마니옥으로 풀을 먹이면 안된다고 내가 말했는데…… 멍청한 놈!" 그가 고함을 쳤다.

그의 눈길이 시동의 머리 위를 지나서 문에 걸린 발을 통과했다. 탁자 위에 놓인 위스키 한병이 그를 기다리고 있었다. 화가 누그러졌다. 그는 더이상 흰색 정장에 주의를 기울이지 않았다.

누군가가 문을 두드렸을 때, 그는 축제 행사를 위해 자신이 만든 프로그램을 다시 검토하는 중이었다.

"무슨 일이야?" 그가 소리쳤다.

발이 들춰졌다. 모자를 벗어든 원주민 하나가 허리 숙여 인사를 했다.

"축배줍니다, 사령관님." 활짝 웃으면서 원주민이 말했다. "축배주예요."

원주민을 밀쳐내고 푸꼬니 씨가 베란다로 나갔다. 두명씩 열을 지은 열다섯명의 원주민들이 커다란 궤짝의 무게를 이기지 못하고 계단 밑에서 갈지자걸음을 하고 있었다. 문을 두드렸던 흑인이 자기 손끝에 들린 모자로 제일 앞에 선 세사람을 가리켰다.

"쌈페인입니다!" 그가 말했다.

그가 그다음 세사람을 가리켰다.

"쌈페인입니다!" 그가 반복했다.

이윽고 일곱번째가 되었다.

"완전히 쌈페인은 아니지만," 그가 말했다. "같은 겁니다, 프슈프슈프슈프슈프슈……"

푸꼬니 씨가 궤짝으로 다가가 읽어보았다. '발포성 포도주.'

"나머지 것들은?" 그가 돌아서서 흑인에게 물었다.

짧은 순간, 흑인은 사팔눈이 되었다. 그는 한쪽 눈으로는 지휘관을 살피면서 다른 쪽 눈으로는 희미하게 미소를 지었다.

"위스키, 위스키죠." 그가 손으로 가슴을 비비면서 헐떡이듯 말했다. "맛있는 위스킵니다."

사령관이 혀로 입술을 핥았다. 그의 눈이 흑인의 눈과 마주쳤다. 흑인의 붉은 얼굴이 불이라도 붙은 것처럼 시뻘게졌다.

그는 화를 터뜨리지 않았다. 흑인이 내민 서류를 훑어본 다음, 고개를 들어 심부름꾼을 쳐다보았다.

"적포도주 통은 어딨지?"

"이미 '아프리카의 집'에 가 있습니다." 흑인이 대답했다.

"좋아." 푸꼬니 씨가 말했다.

그러는 사이에 납덩어리 용액처럼 어깨 위로 쏟아지는 햇살 아래 짐꾼들의 몸이 왼쪽 오른쪽으로 번갈아가며 흔들거렸다. 다리에 상처나 옴딱지가 있는 사람들은 발을 굴러 몰려드는 파리떼를 쫓으려고 애를 썼다.

"이것들도 모두 그리로 가져가." 사령관이 말했다. 짐꾼들이 백팔십도 몸을 돌려 돌아섰다.

"어이, 거기!" 그가 소리쳤다.

짐꾼들을 지휘하던 흑인이 다시 달려왔다. 푸꼬니 씨는 자기 시동도 불렀다. 그가 팔을 뻗어 짐꾼들을 가리켰다.

"위스키 한궤짝 가져가." 그가 시동에게 말했다.

맨 마지막 짐꾼이 즉시 자기 궤짝을 내려놓았다.

"주방까지 운반해." 시동이 짐꾼에게 자신들의 방언으로 말했다.

축배주가 관사 언덕의 내리받이 길을 통해 '아프리카의 집'으로 가는 동안, 푸꼬니 씨는 검토하던 프로그램을 다시 들여다보았다.

'아프리카의 집'은 양철로 지은 가건물이었는데, 사령관은 대개 그곳에서 모임을 가졌다. 건물은 유럽인 구역과 원주민 구역의 중간쯤에 세워져 있었다. 칠이 바랜 것을 감추기 위해 사령관은 가건물 전체에 새로 회칠을 하게 했다. 붉은색 차일을 둘러친 연단 위에는 백인들이 앉을 의자들이 벌써 놓여 있었다. 학교의 긴 의자들을 가져다놓는 것으로 설비가 마무리되었다. 축배주 궤짝보다 먼저 도착한 적포도주 통을 지키기 위해 보초 한명이 배치되었다. 마당 한복판에는 대형 삼색기가 게양되었다. 원주민들은 길에 모여서서 백인들의 우두머리를 맞이하게 될 가건물이 변해가는 모습을 흥미롭게 지켜보았다. 사령관도 진행 상태를 확인하기 위해 여러 차례 직접 그곳에 왔다.

"내일 비가 오지는 말아야 할 텐데." 그다지 만족스럽지 못한 눈길로 '아프리카의 집'을 바라보면서 그가 말했다.

'건기 끝 무렵의 돌풍이 내일 시작되면 안되는데.' 원주민들의 생각이었다.

둠의 유명한 양복장이 엘라는 아침마다 중앙상가에 있는 앙겔로풀로스 씨의 가게 베란다에 자기 재봉틀을 놓고 일을 했는데, 그곳에서 메카는 콜라 열매를 씹어가며 돌망[19]이 만들어지기를 기다

_____

19 경기병의 유니폼처럼 가로줄 무늬가 있는 상의.

렸다. 정오가 되자 메카는 해 지기 전까지 옷이 준비될 수 있을지 불안해지기 시작했다. 엘라 자신은 걸작을 만들고 싶어했다.

"백인들 돌망은 제대로 만든 게 아니에요." 페달을 밟으면서 엘라가 말했다. "백인들이 돌망 입은 걸 봐요, 돌망이 목을 조르는 것 같다니까…… 아주 멋진 뭔가를 내가 당신한테 만들어주는 중입니다. 재즈풍 재단이라고……"

"그게 뭔데요?" 메카가 얼떨떨해하며 물었다.

"자! 백인들 돌망을 봐요, 마치 엉덩이를 가리지 못하는 비비 원숭이의 갈기 같아요. 엉덩이가 드러나 있지요. 그런데! 나는 당신한테 무릎까지 내려오는 놈으로 만들어줄 거요. 그게 바로 재즈풍 상의라는 거예요. 빠리의 카탈로그를 받아보기 때문에 나는 항상 유행이 뭔지 알아요. 저기 저 길로 백인이 엉덩이를 드러내고 지나가는 걸 보고 있으면 나는 너무 안타까워요…… 어떨 때는 가서 이렇게 말해주고 싶다니까요. '신사 양반, 저한테 와서 상의 길이를 늘이시는 게……'"

메카는 당혹스러웠다.

"이리 다시 와봐요." 엘라가 그에게 말했다. "길이 좀 보게."

메카가 다가갔다. 엘라가 줄자를 풀었다. 그는 메카를 벽을 향해 돌아서게 하더니, 발뒤꿈치를 모으고 엉덩이에 힘을 주면서 가슴을 내밀라고 말했다.

"좋아요." 메카의 어깨에서부터 무릎뼈 아래까지 줄자를 떨어뜨리면서 그가 말했다.

뒤이어 그가 안경 너머로 메카를 쳐다보았다.

"길이는 적당하네요……"

"그런데 그 '재지'인가 뭔가 하는 저고리들……" 당황한 기색으로 메카가 말했다. "부부 하우사[20] 아닌가요?"

엘라의 입 위로 너그러운 미소가 번졌다. 페달을 밟으면서 그가 고개를 저었다. 그가 안경 너머로 메카를 바라보았다.

"당신들 농부들은 그걸 구별하기 어렵죠." 그가 거드름을 피우며 말했다. "카카오 다루는 일이 내 능력 밖인 것처럼, 그것도 당신들 능력 밖이에요. 아시다시피 세상의 직업은 하느님이 만드신 새들만큼이나 다양해서, 어떤 직업을 제대로 알고 온전히 제 것으로 만들기 위해 불알 밑에 땀이 나게 노력해보기 전에는 그 누구도 그 일에 대해 제대로 알 수 없지요…… 내가 당신한테 재즈풍 상의를 만들어주면 모든 사람들이 당신한테 물을 겁니다, 빠리에서 가져온 옷 아니냐고. 장담컨대, 나는 일에 파묻히게 될 거예요. 견습 재단사를 한명 더 채용해야 하지 않겠나 싶어요……"

"그럼 당신한테 조수가 있어요?" 메카가 물었다.

"있고말고요!" 의자 등받이 뒤로 고개를 젖히면서 엘라가 소리쳤다. "돼지한테 비계가 있다면, 코끼리는 비계가 얼마나 되겠소? 나는 견습 재단사가 다섯명인데, 지금은 내 집을 짓는 중이에요."

메카는 놀라운 듯 양복장이를 쳐다보았다. 양복장이는 배꼽까지 셔츠 단추를 푼 채, 재봉틀 위에서 굵은 땀방울을 흘렸다. 그는 온통 털로 뒤덮인 사람이었지만 머리에는 털 하나 나본 적이 없는 것 같았다. 그는 기운 고무 멜빵으로 잡아맨 격자무늬 바지를 입고 있었다. 한마디 한마디 할 때마다 미소를 지었다. 메카는 염소 같은 그 미소를 참아내기가 쉽지 않았다.

그가 메카더러 한쪽 팔을 들라고 했다.

---

20 아프리카 사헬 지방에서 볼 수 있는 헐렁한 면직 상의.

“당신 소매 때문이오.” 그가 너털웃음을 치며 말했다. “당신이 입고 있는 옷의 소매는 너무 짧아요. 전도사 옷을 입고 있는 것 같다니까.”

메카는 마지못해 그렇게 했다. 엘라가 또다시 너털웃음을 터뜨렸다.

“두고 봐요, 백인들 우두머리가 여기에 훈장을 걸어줄 때 말인데요.” 재봉질하고 있던 상의를 손가락으로 가리키며 그가 다시 말했다. “틀림없이 당신한테 귀엣말로 이 옷의 양복장이 주소를 물을 겁니다.”

메카는 딴생각을 하고 있었다. 가슴을 조이며, 아침에 자신이 둘둘 말아 겨드랑이 밑에 끼고 왔던 흰 천이 지금 어떤 상태에 있는지 바라보았다. 사람들은 왜 하필이면 교양없고, 잘난 체하고, 거드름 피우는 이런 양복장이를 그에게 추천해주었단 말인가.

‘이 난리법석 판에서도 어떻든 저고리만 만들어지면 좋겠는데!’ 그는 생각했다. ‘그러고 나면 저자한테 내 생각을 솔직하게 말해야지.’

엘라는 재봉틀 위에서 수다 떨고, 휘파람 불고, 숨을 몰아쉬고, 마시고, 먹었다. 그가 깨지락대던 땅콩 껍질이 천 위로 떨어졌다.

“입기도 전에 저고리를 빨 수는 없잖아요.” 메카가 말했다.

엘라가 빙그레 웃었다.

“땅콩엔 더러워지지 않아요. 아! 우리가 먹는 게 전부 그러면 좋을 텐데……”

메카가 체념한 듯 고개를 끄덕였다. 몇몇 가게가 셔터를 내리기 시작하자, 엘라가 저고리를 재봉틀에서 꺼내 이빨로 실밥을 뜯었다.

“끝났어요.” 그가 기지개를 켜며 말했다.

끄덕끄덕 졸던 메카의 무릎에 그가 저고리를 던졌다.

"가봉합시다." 양복장이가 말했다. "내 재봉틀을 빨리 들여놓아야 해요. 앙겔로풀로스 씨가 이내 가게 문을 닫을 테니까요."

메카가 입고 있던 저고리를 벗으려고 했다.

"그냥 입어도 돼요." 양복장이가 말했다. "재즈 상의는 그런 거니까……"

처음에 메카는 양복장이가 만들어준 것이 성직자들이 입는 반^半수단인 줄로 알았다. 그는 착실한 기독교인이었지만, 그런 반수단을 입은 사람은 본 적이 없어서 자기가 처음일 것 같았다.

"재즈, 재즈!" 엘라가 그의 주위를 돌면서 헐떡거렸다.

그가 바닥에 한쪽 무릎을 꿇고, 갈라진 상의 뒤쪽의 두자락을 잡아당겨 폈다. 그리고 몇발자국 물러나더니 메카에게 앞으로 오라고 말했다. 이번에는 메카를 제자리에서 반바퀴 돌게 했고, 다가와서 메카의 양어깨를 움켜쥐었다.

"어깨를 움직여요." 그가 지시했다.

메카는 이번에도 하라는 대로 했다.

"자!" 이빨로 소매 위의 실밥을 뜯으면서 그가 말했다. "단추를 달게 실패하고 바늘을 드릴게요. 어렵지 않아요. 여자들 일이죠. 내 아내는 아파서요." 목소리를 약간 떨면서 그가 덧붙였다.

"무슨 병인데요?" 측은한 마음에 메카가 곧 물었다.

"여자들 병이죠." 양복장이가 입가에 의기양양한 미소를 슬쩍 떠올리면서 대답했다. "여기저기가 아픈데, 특히 아랫배가 좀더 아프대요. 그런 병엔 뭐가 좋겠소?"

"그래요! 그거야 쉽죠." 엘라가 장비들을 챙기는 것도 보지 못한 채 메카가 대꾸했다. "그냥 비누를 하제로 쓰라고만 하면 돼요. 앙데르메예 신부가 나한테 일러준 겁니다." 신부 이름의 첫 V자와 마지막 R자를 잘라먹으면서 그가 덧붙였다.

"그렇군요!" 재봉틀을 덮개로 씌우고 난 엘라가 말했다. "비누는 어떤 상표가 좋죠?"

"모르겠어요." 메카가 당황해하며 대답했다.

그가 이빨로 제 입술을 깨물었다.

"혹시 마르세유 비누 아닐까요?" 너털웃음을 치며 엘라가 물었다.

"네, 네." 메카가 반색을 했다. "바로 그거예요……"

"고맙습니다." 양복장이가 거리로 나서면서 말했다. "이제 재즈 상의는 벗어도 돼요."

그가 메카에게 손을 내밀었다. 메카는 새 저고리를 벗어서 두번 접어 갠 뒤에, 입고 있던 저고리 주머니를 뒤져서 100프랑짜리 지폐 다섯장을 꺼내 엘라에게 건넸다.

"계산이 맞을 거요." 메카가 무뚝뚝한 목소리로 말했다.

"특별히 싸게 해준 겁니다." 바둑판무늬 바지 주머니에 지폐들을 쑤셔넣으면서 양복장이가 대꾸했다.

"내가 말했죠, 단추는……"

"압니다." 메카가 상대의 말을 잘랐다. "알아요……"

엘라가 웃으면서 멀어졌다.

'저 인간도 자기가 아주 영리한 줄 아는 불쌍한 작자군!' 메카는 고개를 가로저으면서 생각했다.

그는 걸음을 재촉했다.

4

엥감바는 줄에 매어 끌고 가는 염소의 아주 빠른 걸음걸이에 맞추어 걸었다. 그는 한번도 그렇게 빨리 걸어본 적이 없었다. 선선한 날씨였지만 땀이 났다. 염소가 뛰려고 할 때면, 엥감바는 손목 주위에 줄을 감고 재빨리 멈추어서서 뒷걸음질을 쳤다. 염소는 사방으로 다리를 버둥거렸다. 늙은 두 다리가 버텨내지 못해서 때로는 엥감바가 배를 바닥에 깔고 길옆으로 끌려가기도 했다. 두 손으로 힘껏 줄을 움켜잡느라 그는 투창을 손에서 놓아버렸다. 염소는 숨이 차했다. 숨이 턱까지 차자 염소는 더이상 움직이지 않았다. 바닥에서 일어난 엥감바가 염소의 목끈을 늦추어주고, 투창 손잡이로 염소의 옆구리를 문질러주었다. 염소는 보통 걸음으로 다시 출발했다.

그렇게 둘은 어둠이 내릴 때까지 숲을 가로질러 걸었다. 아말리아는 앞서가면서 계속 간격을 유지했다. 그녀의 바구니가 엥감바의 표적이 되었다. 그녀는 마치 날개라도 달린 듯이 걸었다. 등과 둥그스름한 엉덩이가 만나 각을 이루는 지점에 바구니를 얹고 온순한 당나귀처럼 숙인 머리 뒤로 두 손을 모은 채, 그녀는 힘들이지 않고 앞으로 내달렸다.

"너무 빨리 가지 마!" 엥감바가 헐떡헐떡 숨을 몰아쉬며 소리쳤다. "너무 빨리 가지 말라고. 나는 다리가 안 좋잖아……"

아말리아는 이따금 잠시 걸음을 멈추고, 허리를 추슬러 등에 진 바구니의 위치를 바로잡았다. 그녀는 바구니의 고리 역할을 하는 등나무 껍질을 잡아당기곤 했다. 담은 양식糧食의 무게 때문에, 등나무 껍질이 땀으로 번들거리는 그녀의 툭 튀어나온 이마에 밭고랑처럼 긴 자국을 남겼다.

그녀는 뒤쪽을 바라보았다. 목소리가 들릴 만한 거리에 남편이 다가오자, 그녀는 손등으로 얼굴을 문질러 재빨리 땀을 훔쳐냈다.

"좀더 빨리 걸어요." 그녀가 남편에게 소리쳤다. "내일 둠에 도착할 수 있을지 모르겠네."

그녀는 짐 나르는 데 이골이 난 짐승처럼 다시 걷기 시작했다. 그녀는 무거운 바구니들을 숱하게 져보았으니까! 들판에서 돌아올 때마다 나르는 땔감 바구니, 집 짓고 도로 닦을 때 나르는 모래 바구니, 고해할 자격을 얻기 위해 신부의 집 지을 때 나른 돌 바구니, 먼 길 갈 때의 양식 바구니…… 이 모든 바구니들이 그녀의 등에 예각으로 새겨놓은 깊은 흔적은 도끼질에 일격을 당한 나무의 베인 상처 같았다. 그 주위의 피부는 마치 코끼리 피부처럼 두꺼워져 있었다.

"내 자식 맞아?" 아말리아의 몸이 벽에 들러붙은 진흙 반죽처럼 아직 밋밋하던 시절, 자기를 위해 특별히 만든 양식 바구니를 지기 싫어서 아말리아가 입을 삐죽거리자 어머니가 울먹이며 말했다.

"이렇게 약해빠진 여자아이하고 누가 결혼할 엄두를 내겠어?" 그녀가 되풀이해서 말했다. "바구니도 지지 못하는 여자아이한테 누가 청혼을 하겠느냐고?"

아말리아는 어머니를 무척 좋아했다. 어머니가 울자 아말리아도 울었고, 그러고 나서 운 이유를 어머니에게 물었다.

"온 마을 사람들이 우릴 비웃을 거다." 어머니가 말했다. "온 마을 사람들이 네가 여자 구실을 못한다고 말할 거라고…… 너는 바구니도 지지 못하잖니…… 네 남편이 뭘 얻어먹겠어?"

아말리아는 독거미한테 깨물리기라도 한 것처럼 어머니의 커다란 바구니를 들고 들판으로 나갔다. 이틀 치 양식으로 바구니를 채운 다음, 그녀는 앉은 자세로 고리 세개를 머리와 양어깨에 걸었다. 그리고 두 다리를 배 밑으로 끌어당겨, 이를 악물고 비틀거리며 천천히 몸을 일으켜세웠다. 그녀는 온 마을을 가로질러 집으로 갈 수 있는 길을 택했다. 그녀는 목이 터져라 노래까지 불렀다. 사람들이 집에서 나와 그녀를 보았다.

"여자아이가 장차 제 남편은 먹여살리겠네!" 사람들이 말했다. "누군지 몰라도 그 행운아는 굶어죽진 않겠어! 아떼마─아말리아의 어머니─가 아주 훌륭한 딸을 낳았어……"

그런 말을 듣자 아말리아는 바구니 손잡이 때문에 제 살이 아픈 것도, 등골이 고통스럽게 휘는 것도 잊었다. 아말리아는 거의 녹초가 다 되어 어머니 앞에 쓰러졌고, 어머니는 딸이 이룬 쾌거의 불행한 결말을 아무도 보지 못하도록 서둘러 문을 닫았다.

나중에 다시 기력을 회복했을 때, 그녀에게는 혼처가 열군데 들어와 있었다. 구혼자들 중에는 주리앙의 부자 엥감바가 있었다. 아말리아는 젊은 총각들보다 아내가 있는 다처남이 더 좋았다.

'아내가 여럿인 남자 집에서는 여자들끼리 일을 나눠할 거야.' 이게 그녀의 생각이었다.

그렇게 해서 아말리아는 엥감바와 결혼했다.

길이 숲에서 벗어났다. 날은 벌써 어두워져 있었다.

"저녁식사 전에 은꽁고에 도착할 거야." 엥감바가 큰 소리로 아내에게 말했다. "조금 쉬었다 갈까?"

은꽁고는 주리앙에서 둠까지 가는 여정의 첫번째 마을이었다. 짚으로 지어 마을 정자로 쓰는 헛간을 중심으로, 다 쓰러져가는 여남은 집들이 모여 있었다.

환한 불 주위에 모여선 검은 형체들이 마을에 도착한 아말리아와 엥감바의 눈에 들어왔다. 누군가가 시선을 들어 불꽃 너머로 안마당 쪽을 바라보았다.

"길손들! 변변치 않지만, 이리 와서 식사 같이합시다." 그 사람이 외쳤다. "밤에는 길을 가지 않는 법이오. 밤에는 신비한 일들이 많으니……"

아말리아가 남편보다 먼저 정자 안으로 들어갔다.

"모두들 좋은 밤 보내시길 빕니다!" 들어서면서 그녀가 말했다. "저는 아말리아 에뚜아예요, 엥감바의……"

"엥감바의 아내군!" 그녀를 알아본 사람이 말했다.

"비나마, 당신이군요!" 아말리아가 손을 내밀며 그 남자에게 말했다.

"그래요, 나예요." 허리에 두른 작은 타월을 고쳐매면서 남자가 말했다. "남편은 어딨소?"

"곧 갑니다!" 안마당의 말뚝에 염소를 매고 있던 엥감바가 소리
쳤다.

아말리아는 바구니를 내려놓았다. 남편이 들어왔다.

"안녕들 하시오, 친구들!" 그가 말했다.

"진심으로 환영합니다." 불빛이 닿지 않는 어둠속 희미한 형체
들의 목소리가 대꾸했다.

비나마가 나서서 엥감바와 악수를 했다.

"네가 어른한테 자리를 양보해라." 목에 십자가를 걸고 냄비를
핥고 있던 벌거숭이 아이에게 비나마가 말했다.

"내 둘째 아들, 드골이오." 허리에 타월을 두른 남자가 말했
다. "기억하시려나 모르겠는데, 내가 얘 엄마와 전쟁 뒤에 결혼했
죠……"

"아!" 엥감바가 말했다. "요즘 아이들은 옥수수처럼 쑥쑥 큰다니
까…… 이리 와서 인사해라, 드골!"

낯선 사람에게 겁을 먹은 어린애가 냄비를 들고 어둠속으로 숨
었다.

"드골, 와서 인사해!" 아이 아버지가 고함을 질렀다. "내가 바보
를 키운 건 아니겠지?"

그 말을 들은 드골이 한 손가락으로 콧구멍을 후비면서 엥감바
쪽으로 다가왔다. 아이의 얼굴빛이 어떤지는 정확히 알 수 없었다.
안마당의 황토 먼지와 화덕의 재, 볼록한 작은 배 위로 흘러내린
종려유가 뒤섞여서, 물 얼룩이 죽죽 진 얼룩덜룩한 막을 피부 위에
형성해놓았다. 소녀들의 젖가슴만큼이나 크고 단단한 아이의 배꼽
은 양다리 사이에 낀 냄비 바닥에 닿아 시커메진 작은 고추를 향해
기울어져 있었다.

엥감바가 양팔과 다리를 벌렸다. 아이가 그 사이로 들어갔다.

"이젠 다 컸어!" 아이 아버지가 말했다.

엥감바가 좀더 잘 보기 위해 아이를 멀찍이 떼어놓았다.

"그 말이 맞네." 아이를 간절히 원했던 사람의 애틋한 시선으로 드골을 요리조리 바라보면서 엥감바가 말했다.

"자, 이제는 저기 네 '엄마'한테 가서 인사해라." 아이에게 엥감바가 말했다.

"얘야, 이리 온." 아말리아가 말했다.

아이가 그녀 쪽으로 갔다.

비나마의 아들은 그 유명한 장군의 이름이 한창 유행하던 무렵에 태어났다. 2차 세계대전 직후의 일이었다. 지금은 모두가 재즈 광이라면, 그때는 모두가 드골이었다. 집집마다 드골 장군의 초상이 있었다. 남자아이들도 드골이었고, 여자아이들도 드골이었다. 아말리아의 무릎을 더럽히고 있는 녀석은 지금 다섯살이었다.

"아아아아아아아아가따아아아아아……!"

이렇게 비나마는 기도 시간을 알리는 이슬람 승려처럼 정자에서 자기 아내를 불렀다.

"네에에에에에에에……!" 아내가 대답했다. "왜요?"

"엥감바 내외가 왔어!" 그가 고래고래 소리쳤다. "이 사람들한테 먹을 것 좀 갖다주고, 그 참에 와서 인사도 해."

"식사가 끝나가는데 도착했네요." 그가 낮은 목소리로 엥감바에게 말했다.

그러는 사이에 엥감바는 대여섯 남짓한 깡마른 몸뚱이의 남자들과 인사를 했다. 그들은 더러운 천 조각이 미처 가리지 못한 아랫도리를 한 손으로 가린 채 다른 한 손을 엥감바에게 내밀었다.

엥감바는 차례차례 그들과 악수했다.

"그런데 훈장은?" 비나마가 말했다. "모레, 맞죠?"

"나도 그렇게 들은 것 같아요." 엥감바가 대답했다. "모렙니다."

그가 손가락으로 뚝뚝 소리를 냈다.

"메카는 땅에서도 하늘에서도 행복하도록 태어난 사람들 중 하나예요." 비나마가 말했다.

"그렇지요!" 엥감바가 한숨을 내쉬었다. "말하자면 그 사람은 바늘구멍을 통과하게 된 낙타예요……"

"내가 선교단에 들어가서 굶어죽을 지경이었을 때 그 사람을 알게 되었어요." 비나마가 다시 말을 시작했다. "참 좋은 사람이죠! 항상 자기 집에 나를 초대했어요. 그 사람 아내가…… 당신 누이인 걸로 알고 있는데?" 그가 엥감바에게 말했고, 엥감바는 그렇다는 표시로 고개를 끄덕였다. "그 사람 아내가 우리 마을 인근 출신이거든요……"

"정말 그런 사람이에요." 아말리아가 말했다. "마음이 바다죠……"

"정말 바다야." 엥감바가 말했다.

"바다지." 비나마가 되풀이했다.

바로 그때 아가따가 김이 나는 음식 그릇을 머리에 이고 들어왔다. 원피스는 줄무늬였던 모양인데, 녹슨 지퍼로 치마에 연결된 레이스 칼라만 남아 있었다. 커다란 젖가슴이 허리께까지 늘어진 낡은 천 밖으로 삐져나왔다. 나머지 천은 바구니에 닳아 없어진 것이다. 배꼽 아래 볼록한 배 위에 털들이 자라서 작은 술처럼 꼬인 모습으로 기운 치마 밖으로 드러났다.

인사하기에 앞서 아가따는 음식을 엥감바의 다리 사이에 놓았다. 코를 훌쩍이고, 손등으로 코를 문지르더니, 이윽고 양 손목을 엥감바에게 내밀었다. 젖가슴에서 시선을 떼지 못하면서, 엥감바는 아가따의 손목을 가볍게 잡았다.

"새삼 소개할 필요는 없겠지." 그녀의 남편이 말했다.

"누군지 알아요." 시선을 피하면서 아가따가 말했다.

"당신, 문 옆에 있는 아말리아한테는 인사를 안했어." 비나마가 웃으며 말했다.

"난 여기 내 낭군 옆에 있어요." 어둠속에서 목소리 하나가 말했다.

아가따가 몸을 돌려 아말리아 쪽으로 갔다. 두 여인이 서로 포옹했다.

"두사람 여기서 밤을 보낼 거예요?" 아가따가 아말리아 옆에 앉으면서 물었다.

"조금 쉬려는 것뿐이에요." 아말리아가 대답했다. "아마도 돌아올 때는……"

"내 생각도 그래." 엥감바가 입안 가득 음식을 문 채 말했다.

그가 음식을 먹는 동안에는 모두가 침묵했다. 언제나처럼 그가 트림을 하고 아말리아가 물 한 컵을 가져다주자, 그는 이빨 사이에 낀 마니옥을 쑤시려고 바닥에서 대나무 조각을 찾았다.

"아말리아 음식은 집에 있어요." 아가따가 말했다.

그녀가 접시들을 챙긴 다음, 드골의 손을 잡았다. 아말리아는 그녀를 따라 집으로 갔다.

"배를 보니 쑥쑥 애 잘 낳을 여자와 결혼하셨네!" 두 손을 비비며 엥감바가 말했다.

비나마가 미소를 지었다.

"하늘이 도와주기만 했으면 우린 벌써 아이가 여섯이었을 텐데! 아가따가 두번 유산을 했는데, 두번 다 쌍둥이였어요……"

"쌍둥이가 얼마나 예뻤을까!" 누군가가 탄식했다.

"틀림없이 다른 자식들을 보게 될 겁니다." 엥감바가 진심을 담아 말했다. "아가따는 우리 어머니들이 낳은 아이들의 수효만큼 낳을 수 있는 여자예요. 배만 봐도 알 수 있지요……"

모든 사람들이 말없이 심각하게 엥감바의 말에 귀를 기울였다. 엥감바가 더이상 할 말이 없게 되었을 때, 비나마는 그의 매제가 백인들의 우두머리로부터 어떤 훈장을 받게 될지 엥감바에게 물었다. 엥감바는 애매한 몸짓을 했다.

"훈장에 대해선 나도 아무것도 몰라요." 그가 말했다. "누군가가 둠에서 들었다고 나한테 말해준 바에 의하면, 백인들이 메카에게 보여주는 우정과 사랑과 존경의 훈장이라고 하대요……"

"사실 메카가 그 훈장을 거저 받는 거라고는 할 수 없어요." 비나마가 말했다. "요즘 세상에 그 사람처럼 마음 좋은 사람은 거의 못 봤어요. 그런데 백인들도 그 사람을 나처럼 본 거지……"

그의 말이 끝나자 침묵이 흘렀다.

"다시 출발해야겠어요." 투창을 잡으면서 엥감바가 말했다. "목적이 있는 길만 아니었으면, 나도 여러분들하고 같이 밤새도록 이 따뜻한 불로 등을 지졌을 겁니다……"

"나는 종려주 한병 대접했을 텐데!" 비나마가 한쪽 눈을 찡긋하며 말했다.

"속상합니다, 그런 말은 하지도 마세요." 엥감바가 희극적으로 우는 목소리를 내며 말했다.

모든 사람들이 웃었다. 엥감바는 자리에서 일어나 빠뉴의 엉덩이 부분을 털었다.

"아아아아아아아가따아아아아아!"

"네에에에에에에……!"

"아말리아한테 남편이 출발하려고 기다린다고 해."

잠시 뒤에 드골을 등에 업은 아가따와 함께 아말리아가 들어왔다. 드골이 엄마 등에서 내려왔다. 아이 엄마가 재빠른 손놀림으로 아말리아의 바구니를 잡더니 자기 등에 멨다.

"강까지 배웅해줄게요." 그녀가 웃으면서 말했다.

그녀의 남편이 에보고를 말뚝에서 풀어 갔다. 두 팔이 자유로워진 엥감바는 자기 어깨 위에 수평으로 얹은 투창에 양팔을 걸쳤다. 비나마가 한 손에는 장작 불씨 하나를 들고 다른 손으로는 에보고를 끌면서 앞장섰다.

"이제는 여기서 둠이 전혀 멀지 않아요." 그가 말했다. "틀림없이 내일 아침에는 도착할 거요."

"우리도 그랬으면 좋겠어요." 엥감바가 말했다. "내 관절염 때문에 내일 저녁에나 도착하는 일이 생기진 말아야 하는데……"

일행은 길 위를 일렬로 서서 걸었다. 비나마가 제일 앞에 서고, 에보고, 엥감바, 그리고 두 여인이 그 뒤를 따랐다. 그는 손에 든 숯덩어리 장작의 불씨를 살리려고 이따금 허공에 흔들곤 했다.

부모한테서 떨어진 드골의 울음소리가 안마당으로부터 들려왔다.

"저 녀석은 아직도 제가 젖먹이인 줄 아나!" 아이 아버지가 화를 냈다. "다섯살인데 아직도 저렇게 울고 있어! 내가 바보를 키우는 게 아닌가 싶을 때가 더러 있다니까요……"

"우리 아이가 뭐 어쨌다고요." 아가따가 말참견을 했다. "우리 아이 흉보지 마요. 누가 바보라는 거예요, 도대체?"

"드골, 곧 가마." 그녀가 소리쳤다. "엄마 금방 간다아아아아……"

아이가 조용해졌다.

"아이는 미지의 열매 같아요." 엥감바가 다시 아무 의미 없는 말들을 시작했다. "땅은 그다지 중요하지 않지요."

비나마는 대화를 어떻게 이어가야 할지 몰랐다.

"언젠가 이리로 도로가 지나가는 걸 보게 될 날이 있을까요?" 엥감바가 계속 말했다. "어떻게 이 길이 사람 사는 고장으로 연결이 될까요?"

"신부의 은혜를 받고 하느님의 영성체와 축복, 용서를 구하기 위해서 내가 둠에 있는 가톨릭 선교단에서 막일꾼으로 일하던 시절에 말이죠, 사령관 집무실에서 새 도로를 건설할 계획을 세우고 있다는 말을 들은 적이 있어요." 비나마가 대답했다. "그 도로는 둠을 출발해서 침팬지 숲을 지나고, 유령들의 언덕을 우회한 다음에, 주리앙을 지나갈 거라고 했죠……"

"그게 사실이면 참 좋겠는데!" 엥감바가 한숨을 내쉬었다.

"당신이 메카한테 그 얘기를 하는 게 좋겠어요. 훈장을 받을 때 메카가 백인들 우두머리한테 그 얘기를 할 수 있게 말입니다." 어둠속에서 두 눈의 광택밖에는 보이지 않는 대화 상대를 향해 돌아서며 비나마가 말했다.

상대의 대꾸는 그저 "음, 음, 음"이었다.

그들은 강에 이르렀다. 비나마가 꺼져가는 장작 불씨 위로 입바람을 불어보다가, 짜증을 내며 장작을 상하좌우로 흔들었다.

"다행히 얕은 건널목이 있네요." 그가 말했다. "생각해봐요, 이 밤에 널빤지를 타고 강을 건너야 한다면 어떨지!"

엥감바는 비나마가 넘겨주는 염소 줄을 잡았다. 아말리아는 자기 바구니를 다시 졌다. 먼저 강을 건넌 그녀가 맞은편 기슭에서 남편을 기다렸다. 물이 발목까지밖에 안 오는데도, 그는 빠뉴를 말아올려 무릎을 거의 드러냈다.

"이 물이 내 관절염에 좋아." 두 발로 물방울을 튀기면서 그가 말했다.

두쌍의 부부는 각자 강기슭에 서서 강 건너를 향해 끝도 없는 작별인사를 했다. 엥감바가 비나마의 장작 불씨를 들고 있었다.

"잘 살펴가시오!" 비나마가 외쳤다. "아까 내가 말한 도로 이야기도 잊지 말고요!"

"다 잊어도 그것만은 안 잊을게요!" 엥감바가 대꾸했다. "그것만은." 스스로 다짐하듯 그가 한번 더 말했다.

"아말리아, 시내에서 장 봐다주는 거 잊지 마요!" 강물 위로 아가따가 흥얼대듯 말했다.

"당연하죠." 아말리아가 대답했다.

"너무 빨리 가지는 마요!" 비나마가 말했다. "밤에는 길이 험해요."

"할 수 있는 만큼만 해야지요." 엥감바가 대꾸했다.

"잘 가시오, 친구들!" 이쪽에서 말했다.

"잘 돌아가세요!" 다른 쪽에서 말했다.

"하느님이 허락하시면 또 만나겠지요." 아말리아가 말했다.

"허락할 거예요." 친구 부부가 말했다. "허락하고말고요."

"나 대신 드골한테 뽀뽀해줘요!"

"꼭 그럴게요……"

엥감바의 손에 들린 작은 불씨가 어둠속으로 멀어졌다. 꺼져가는 장작 토막을 박자를 맞추듯 흔드는 데 진력이 난 엥감바가 나무 토막을 숲으로 던져버렸다. 그러자 그는 길 위의 어둠이 그전보다 덜하지도 더하지도 않다는 것을 깨달았다. 그가 앞서가는 에보고를 떠밀었는데, 이윽고는 그가 염소에게 끌려갔다. 콧방울이 땅에 닿을 듯이 고개를 숙인 채, 염소는 힘들이지 않고 앞으로 나아갔다. 길을 따라 기계적으로 두 발을 옮기던 아말리아는 염소가 자기 발뒤꿈치까지 따라온 것이 느껴졌다.

그들이 그다음 지난 다른 마을들에서는 아직 모두 잠들어 있었다. 길 양쪽에서 타고 있는 들불[21]의 불빛을 받으면서 그들은 오랫동안 걸었다. 첫닭이 울었을 때 그들은 마을 하나만 지나면 대로에 이를 수 있는 상태였고, 대로에서부터는 한시간만 걸으면 도시였다.

"정말 빨리 걸었어!" 새벽에 벌써 비똥 숲에 와 있다는 사실에 으쓱해하며 엥감바가 말했다. "마지막 마을에 내가 아는 사람이 있어. 세번의 건기 전에 메카의 집에서 만난 사람이지, 아마. 당신 기억나지, 당신이 쓸 큰 칼을 사러 내가 둠에 갔을 때 말이야……"

아말리아가 동의의 뜻으로 '음' 하는 소리를 냈다.

"그 사람 집에서 아침을 먹을 수 있을 거야."

"보면 알겠죠." 아말리아가 말했다. "내 생각에는 사람들이 아침 기도를 하러 외출한 뒤에 도착할 것 같아요. 둠에는 정오 전에 도

---

21 아프리카 오지의 삼림지역에서 흔히 볼 수 있는 인공 또는 자연 화재를 가리키는 듯하다.

착할 수 있어요, 만약 당신이……"

"보면 알겠지, 보면 알 거야." 이번에는 엥감바가 그렇게 말했다.

그가 손으로 십자를 긋고 아침기도를 시작했다. 남편이 보이지는 않았지만, 아말리아도 기도를 했다.

그들은 더이상 서로 말을 하지 않았다.

둠으로 향해 가는, 차가 다닐 수 있는 대로에 이르자 엥감바가 한숨을 내쉬었다. 해가 중천은 아니지만, 지평선에서 멀리 올라와 있었다. 엥감바는 그렇게 더워본 적이 없었다. 마치 친절한 그늘이라도 찾는 것처럼 자기 머리 위를 쳐다보았다. 그는 투창을 든 팔을 머리 위에 얹었다.

아말리아는 땀에 흠뻑 젖었다. 허리를 추슬러 바구니를 치켜올리다보니, 햇빛을 받아 마치 기름을 바른 것처럼 번들거리는 축축한 허벅지까지 원피스가 말려올라가 있었다. 이마에 흐르던 땀방울이 윗입술로 떨어져 입꼬리까지 흘러내렸다. 아말리아는 싸우고 있는 고양이처럼 거칠게 숨을 쉬었다.

도로의 굵은 자갈들 사이로 발을 디딜 수 있는 작은 공간을 찾으면서 부부는 천천히 앞을 향해 걸었다. 메카의 집에 이르려면, 유럽인 구역을 관통하여 인접한 언덕을 내려가고, 그 언덕 끝에 있는 원주민 구역을 가로지른 다음, 지름길을 통해 가톨릭 선교단의 묘지를 내려가야 했다.

차 한대가 경적을 울렸다. 한껏 겁에 질린 에보고가 미친 듯이 뛰어오르는 바람에, 엥감바도 허공으로 솟구쳤다가 도로 가장자리의 레몬나무들 너머로 패대기쳐졌다. 염소는 숨도 못 쉬고 눈도 뒤집힌 상태로 조금 떨어진 곳에 쓰러져 있었다. 자신의 찰과상은 잊은 채, 엥감바는 염소의 목을 조르고 있는 줄을 풀어주려고 재빨리 일어났다.

아말리아는 침착함을 잃지 않았다. 돌아보지도 않았다. 도시에 갈 때면 으레 그러듯이, 그녀는 오른쪽으로 방향을 틀었다. 흑인들을 태운 트럭이 뿌연 먼지 속에 두사람을 남겨두고 사라졌다. 음매음매 울면서 일어서는 에보고의 옆구리를 엥감바가 쓰다듬어주었다.

"조금 더 빨리 걸어요." 아말리아가 말했다.

엥감바가 욕설을 내뱉었다.

5

새 저고리를 겨드랑이에 끼고 자기 집 앞에 나타났을 때, 메카는 마음속으로 어떻게 하면 훈장 수여식을 보러 온 그 많은 친구들과 친척들의 잠자리를 마련할 수 있을지 궁리하는 중이었다.

메카가 연기 자욱한 집 안에서 모자를 벗고 인사를 하자, 모여 있던 사람들이 흥분한 듯 웅성거렸다.

"안녕하시오, 여러분!"

"엥감바와 아말리아가 왔어요." 켈라라가 그에게 말했다.

"어이구!" 메카가 그들을 차례로 포옹했다.

그가 엥감바의 등을 손바닥으로 때리자, 엥감바는 양팔로 그를 들어올려 갈지자걸음을 시켰다.

"예전의 그 힘이 아니네요!" 메카가 엥감바에게 말했다. "아내들 때문에 녹초가 되셨구먼! 가엾은 아말리아!" 그가 아말리아를 향해 돌아서며 말했다.

"아직은 끄떡없어!" 너털웃음을 지으며 엥감바가 말했다. "예전처럼 아내들의 마을을 부활시킬 참이라니까!"

그가 메카를 바닥에 내려놓았다. 두사람은 다시 웃음을 터뜨렸다.

"에송바 부부도 왔어요." 켈라라가 다시 말했다.

"피그미족 손자가 어디 계신다는 거야?" 메카가 웃으며 물었다. "불 좀 꺼, 그 양반 나타나게!"

"난 절대로 숨을 수 없어." 걸걸하게 쉰 목소리 하나가 말했다. "내가 숨을 수 있다면, 보이는 사람이 누가 있겠어?"

두사람은 서로를 끌어안았다.

"내 안사람은 어딨어?" 메카가 농담을 했다.

에송바의 아내가 앞으로 나와서 그의 포옹을 받았다. 메카가 에송바를 향해 돌아섰다.

"당신 같은 고릴라가 어떻게 이런 예쁜 여자와 결혼할 수 있었는지 도대체 이해가 안돼!"

"그렇게 말해봐야 저 사람한테는 아무 소용 없어요." 젊고 날씬한 에송바의 아내가 스스럼없이 말했다. "저 사람은 내 가치를 몰라요……"

"그게 사내지." 에송바가 주먹으로 자기 가슴을 쿵쿵 내리치며 말했다.

모든 사람들이 웃었다. 에송바는 메카의 작은증조부의 조카뻘 되는 사람이었다. 그는 메카 집안의 특징인 눈에 띄게 호리호리하고 큰 키와 날씬한 몸매를 물려받지 않았다. 심하게 더부룩한 눈썹 아래로 소심한 시선을 감춘 작달막한 키의 남자였다. 집안에서는 피그미라는 별명으로 불렸는데, 그는 그 사실을 무척이나 자랑스럽게 여겼다.

그의 아내는 예쁘지는 않았지만 젊고 유순한 여자였고, 남자를 만족시킬 줄 알았다.

메카가 훈장을 받게 되었다는 소식을 듣고 엥감바 부부처럼 에송바 부부도 온 것이다. 메카는 어둠속에서 사람들이 내미는 손을 잡고 끝도 없이 악수를 했다. 남자 사촌, 여자 사촌이 모두 와 있었다. 십년 전부터 못 본 사촌들도 와 있었다. 아이들도 모두 데리고 왔다. 멀게 가깝게 켈라라와 관계가 있는 사람들도 모두 왔다. 예를 들면 켈라라가 이름을 잊어버린 늙은 여자 하나가 있었는데, 1차 세계대전 훨씬 전에 돌아가신 켈라라의 어머니를 어느날인가 자기가 치료해준 적이 있다고 말했지만 켈라라는 기억조차 나지 않았다.

언제나 빠지지 않는 패거리도 있었다. 입이 돌아간 뉘아, 발이 퉁퉁 부은 은띠, 주름살투성이 음봉도, 그리고 속이 뒤집힐 정도로 지저분하고 불쌍한 에비나였다. 그 일이 생기기 전에 이미 와 있었던 메카의 사촌들, 그의 아내의 사촌들, 두사람의 매형이나 형부의 사촌들은 출발을 더 늦추었다. 마을 사람들도 모두 자신들의 동향인을 축하해주러 왔다.

그 '민족 대이동'을 앞두고, 켈라라는 바나나 잎들을 잘라두었다. 그녀는 집 앞뒤의 야자수 잎 처마가 달린 베란다 부분을 비질했다. 그녀는 저녁식사가 끝나기를 기다려서 베란다에 침상 대용으로 바나나 잎을 펼쳐 깔았다.

'비가 오면 안되는데!' 그녀는 생각했다.

"등불을 켜." 아내와 잠자리를 같이하는 첫번째 대나무 침상 위에 평소처럼 앉아서 메카가 지시했다.

켈라라가 다가와서, 부부 침상 옆에 있는 돌 네개짜리 화덕 앞에 쪼그려앉았다. 그녀가 잔가지 하나에 불을 붙여 낡은 호롱의 깨어진 유리 틈새로 밀어넣었다. 심지에 불이 붙었다. 켈라라가 심지를 돋우었다. 빛무리가 좌중의 절반을 비추었다. 켈라라는 호롱을 남편의 두 다리 사이에 놓았다. 팔뚝을 무릎에 얹은 자세로 앉은 메카의 그림자가 검게 그은 야자수 잎 천장에 어른거렸다. 엉덩이를 깔고 앉은 네발짐승 같았다.

"오는 길은 어땠어요?" 메카가 맞은편 침상에 누운 엥감바에게 물었다.

"말도 말게!" 돌아누워, 베개로 쓰는 대나무 목침에 턱을 괴며 엥감바가 말했다. "내 발이 시원치 않아서도 고생했지만, 자네한테 줄 그 빌어먹을 염소를 여기까지 끌고 오느라고……"

메카가 미소를 지어 보였다.

"정말 고마워요." 그가 말했다. "그렇지만 내가 처남한테 고마워해야 하는 건지 모르겠어요. 자기 자신한테 고마워할 수는 없잖아요……"

"주리앙에서는 언제 떠났어요?" 켈라라가 물었다.

"어제저녁에요." 아말리아가 대답했다. "밤새도록 걸었어요……"

"거기는 별일 없어요?" 메카가 물었다.

"시골에 특별히 무슨 일이 있겠어?" 엥감바가 대답했다. "새로운 건 전부 여기 일이지…… 그래…… 무슨 일 없어?"

"여기도 마찬가지예요." 메카가 말했다. (그는 조용히 해달라는 뜻으로 손뼉을 쳤다.) "여기도, 보통은 특별한 게 아무것도 없어요. 훈장 이야기하고, 처남도 틀림없이 들었을 백인들 우두머리가 온다는 이야기 말고는요."

"자네가 직접 다시 말해줘." 엥감바가 팔꿈치를 괴며 말했다. "나는 별로 믿을 수 없는 사람들의 입을 통해 그 소식을 들었잖아."

그래서 메카는 사령관 집무실에 불려간 이후로 모든 사람들에게 자신이 했던 이야기를 다시 했다. 좌중은 또다시 그의 말에 경건하게 귀를 기울였다. 무리 속에서 '싸이렌'처럼 울음소리가 났다.

"또 그러기만 해봐!" 메카가 발을 구르며 고함을 쳤다. "내일까지는 숨죽이고들 있어!"

몇몇이 머리를 흔들어 그에게 동의를 표시했다.

"백인들 우두머리는 벌써 와 있나?" 엥감바가 물었다. "내가 시내로 들어올 때, 사방에 깃발이 있는 걸 봤기에 물어보는 거야."

"오기로 예정되어 있는 곳이 어디든, 그자는 언제나 마지막 순간에 도착하는 모양이야." 에송바가 끼어들었다. "바다 쪽에서 일하는 내 친구한테 그런 말을 들었어……"

"아마 그럴 거야." 메카가 말했다.

"주리앙에는 별일 없어요?" 메카가 다시 물었다. "음보그시는 결혼했나요?"

"아, 그 사람요!" 아말리아가 미소를 지으며 대꾸했다. "그 사람이 또 결혼할 거라고 생각해요? 늙은 아나바가 그 사람을 퇴짜 놓았어요……"

"나는 그 여자가 수녀가 되는 청원을 했으면 좋겠어." 엥감바가 한술 더 떴다. "그런 나이의 여자한테는 그게 딱 어울려!"

"그 여자는 도시 남자를 기다리는 모양이에요." 아말리아가 비꼬듯 말했다.

모든 사람들이 웃었다. 켈라라는 남편 옆에 앉아서 불 가장자리의 커다란 냄비를 지켜보고 있었다.

"이 바나나들 익었겠는데." 켈라라의 남편이 말했다. "배고파 죽겠어……"

켈라라가 뚜껑을 열더니, 냄비에서 쏟아져나오는 김 때문에 고개를 뒤로 젖혔다. 그녀는 바나나 잎 하나를 손에 쥐고 화덕에서 냄비를 들어올렸다. 그리고 사람들 사이를 헤치면서 집 한가운데로 냄비를 들고 갔다. 에송바의 아내가 나무절구와 공이를 가져왔다. 그러고는 맨바닥에 자리를 잡고 앉아 바나나를 빻기 시작했다.

"우린 캐비지야자다람쥐밖에 못 가져왔어. 아내가 알맞게 익힌 거야." 에송바가 바나나 잎으로 싼 보따리를 메카 앞에 풀어놓으며 말했다.

엥감바가 침상에서 반쯤 몸을 일으켜 보따리를 힐끗 쳐다보았다. 에송바가 자기 손가락을 핥았다. 그가 바닥에 무릎을 꿇더니, 엄지와 검지로 고기 한조각을 집었다. 고깃조각이 단번에 그의 입속으로 사라졌다.

"내가 자네를 독살했다는 말이 나면 안되잖아." 그가 입안에 가득 고기를 문 채 말했다.

"바나나 완자가 올 때까지 기다려요." 켈라라가 말했다.

"서둘러들." 호롱 너머로 시선을 들어 바라보며 메카가 말했다.

"보따리를 엥감바 옆으로 가져가요." 그가 에송바에게 말했다.

기다란 대나무 베개 위에 가슴을 대고 엥감바가 침상 위를 기어갔다. 그의 긴 두 팔이 보따리 속으로 들어갔다.

"이렇게 레몬, 야생 가지, 고추를 넣어 익힌 캐비지야자다람쥐를 제대로 맛보려면, 다른 것 없이 이것만 먹어야 해……" 계속해서 그가 웅얼거렸다. "있지, 우리는 정말 맛있는 살무사 고기를 먹었어!"

"그러면서 내 생각은 안했어요?" 메카가 대꾸했다.

뉘아, 음봉도, 그리고 다른 사람들이 자동적으로 메카 앞에 쪼그려앉았다. 켈라라가 바나나 완자를 가져왔을 때, 보따리 안에는 아무것도 남아 있지 않았다.

켈라라가 냄비 하나를 더 가지러 갔는데, 암탉이 알을 품고 있던 낡은 대야 옆의 질그릇 냄비였다.

"사람들이 많은데, 이거면 충분할지 모르겠네." 그녀가 말했다. "여자들은 나하고 같이 먹어요. 남자들은 내 남편하고 같이 먹고요. 아이들은 제 엄마하고 같이 먹도록 해요."

잠깐 사이에 메카와 켈라라 주위에 두개의 원이 만들어졌다. 남자들 쪽은 오히려 두개의 원이 동심원을 그리고 있는 것에 가까웠다. 운 좋게 첫번째 줄에 앉은 사람들이 양손에 가득 최대한으로 음식을 쥐는 바람에, 자리가 나서 마지막 사람들이 첫번째 줄에 이르렀을 때는 아무것도 남아 있지 않았다……

여자들은 조금씩 먹었다. 여자들은 남자들이 먹고 난 뒤에도 한참 더 오랫동안 먹었다.

두 집단에서 물 두 컵이 차례차례 입에서 입으로 옮겨졌다.

엥감바는 배를 깔고 엎드린 자세로 먹었다. 식사가 끝나자 그는 다시 침상 안쪽으로 미끄러져 들어가서, 기다란 대나무 베개에 또다시 턱을 괴었다. 그가 요란스럽게 이빨 사이로 공기를 들이마셨다. 그의 아내가 대나무 잔가지 하나를 그에게 내밀었다.

메카는 나뭇조각으로 비벼서 자기 손을 닦았다. 두 남자 앞에 쪼그려앉은 모든 사람들이 집의 후미진 곳들을 삼켜버린 어둠속으로 녹아들었다. 메카는 허리띠를 푼 다음, 바닥에 등을 대고 누웠다.

켈라라는 집 안을 오갔다. 이따금 음봉도가 켈라라의 앞을 밝혀 주기 위해 메카의 머리맡에서 타고 있는 호롱을 들어올렸다. 모든 정리가 끝나자 그녀가 돌아와서 남편 옆에 앉았다. 아말리아도 자기 남편 옆에 누웠다.

집 안의 불빛이 닿지 않는 곳은 어찌나 소란스러운지, 마치 양떼를 몰아넣기라도 한 것 같았다. 이따금씩 머리 하나가 환한 곳으로 나왔다가는 이내 어둠속으로 다시 사라졌다.

아이가 울기라도 하면, 아이 엄마는 아이를 달래기 위해 재빨리 아이의 입에 젖을 물렸다. 그러면 아이의 가쁜 숨소리밖에는 들리지 않았다.

"이따가 자기가 잘 곳을 각자가 알고 있었으면 좋겠어요." 켈라라가 자리에서 일어나며 말했다. "집에 침상이 많지 않아요. 엥감바 오빠네는 지금 있는 침상에서 주무세요. 에송바 부부는 음봉도의 침상에서 주무세요. 음봉도는 은띠한테 가고……"

"은띠! 들었어요?" 음봉도가 소리쳤다. "맨날 그렇지만, 코 좀 골지 않게 해봐요!"

"난 코 곤 적 없어." 큰 발을 오므리면서 은띠가 대꾸했다. "난 코 곤 적 없어." 은띠가 계속해서 음봉도의 말을 부정했다.

"법정에 온 거 아니거든요!" 켈라라가 말을 잘랐다. "돗자리가 있는 사람들은 내가 바닥을 쓸고 나면 펴세요. 작은 목제 침상이 하나 남았는데……"

"벌써 내가 차지하고 누웠어요." 켈라라의 어머니를 치료했다고 주장하는 늙은 여자가 말했다.

"당신이 쓰게 하려고 생각하고 있었어요." 켈라라가 말했다. "돗자리가 없는 사람들은 베란다에 깔아놓은 바나나 잎 위에서 자면 될 거예요. 다들 알겠죠?"

"예에에에." 사람들이 대답했다.

켈라라는 남편 옆에 다시 누웠다. 음봉도가 빠뉴를 걷어올리고 허벅지를 드러낸 채 호롱불 옆에 와서 앉았다. 사람들이 모두 그를 따라했다. 엥감바가 코 고는 소리를 냈다.

"저 양반 깨워." 메카가 아말리아에게 말했다. "이야기도 안하고 어떻게 잠을 자?"

"나 안 자, 안 잔다고." 졸음에 겨운 목소리로 엥감바가 반박했다.

엥감바가 하품을 했다.

"당신 시내에 가서 엄청 오래 있었잖아요." 켈라라가 남편에게 말했다. "그런데 우리는 아직 당신 저고리를 못 봤어요……"

"한번 입어봐요." 음봉도가 말했다.

"귀찮게들 하는구먼." 메카가 투덜거렸다. "하루 종일 그거 입어보느라고 시간 다 보냈어. 그리고 내일 아침이면 모두들 내가 저고리 입은 모습을 볼 수 있을 텐데 그래…… 맞다, 켈라라," 그가 갑자기 자리에서 일어나며 말했다. "당신 내 옷에 단추 좀 달아줘. 깜박할 뻔했네!"

메카는 시렁에 얹어두었던 저고리를 펼쳤다. 그런데 한번 입어보고 싶은 마음을 억누르지 못하고 결국 옷을 입었다. 사람들은 아연실색하여 입을 다물었다. 새 옷감이 펼쳐지면서 내는 사각사각 소리 말고는 아무 소리도 들리지 않았다. 에송바가 폭소를 터뜨렸다.

"난 저런 저고리는 가진 적도 없고 입어본 적도 없어." 에송바가 웃느라고 숨도 돌리지 못하면서 말했다. "내가 자네라면, 그 저고리에는 절대로 바지를 안 입겠어!"

"마치…… 뭐랄까……" 항상 상상력이 부족한 음봉도가 말했다.

"뭐! 뭐!" 메카가 손가락이 드러나게 옷소매를 걷어올리며 음봉도를 윽박질렀다.

"나 아무 말도 안했어요." 음봉도가 대꾸했다. "전혀 아무 말도 안했다니까요……"

"자네는 용기가 없어서 한번도 자네 생각을 말해본 적이 없지!" 메카가 벌컥 화를 냈다. "내 피가 어떻게 자네 혈관 속에도 돌고 있는지 모르겠어!"

메카가 켈라라를 향해 돌아섰다.

"이런 저고리는 본 적이 없어요." 그녀가 말했다. "당신이 저고리 안에서 마치 바닷속 물고기처럼 헤엄을 치는 것 같네요……"

"과장 좀 하지 마!" 남편이 고함을 쳤다. "잘 봐, 나한테 잘 어울리잖아!" 소매를 말아올리고, 돌아서서 등을 아내에게 보여주면서 그가 말했다.

그녀가 호롱을 들고 남편을 찬찬히 바라보기 시작했다.

"당신이 옷을 차려입는 건 개가 축음기를 듣는 거나 같아요." 그녀가 말했다.

"나는 저 저고리 괜찮아 보이는데." 엥감바가 끼어들었다. "새로운 디자인일 거야……"

"그나마 똑똑한 사람이 있긴 있네요." 메카가 젠체하며 말했다.

그는 엥감바에게 다가가서 악수를 했다.

"새로운 유행이에요." 그가 다시 말했다. "드골 상의 다음에 이번에는 재즈 상의가 유행이라고요. 둠에서는 내가 제일 먼저 입는 거고요…… 내일 백인들 우두머리가 이 옷을 입고 나온다면 모를까……"

"아주 실용적인 옷이야." 메카에게 다시 가까이 와보라는 신호를 하면서 엥감바가 말했다. "이 저고리를 입으면 엉덩이가 없는 바지를 입어도 되겠다니까……"

사람들이 웅성웅성 동의를 표시했다.

"당신 참 멍청해요." 켈라라가 화를 터뜨렸다. "차라리 진짜 수단을 해입지 그랬어요! 그 옷을 입고 어떻게 사령관이나 백인들 우두머리 앞에 나서겠어요! 장담컨대, 내일 당신이 그 옷을 입은 꼴을 보면 백인들이 당신한테 훈장을 안 줄 거예요! 내가 단추도 달아주지 않을 거고요……"

메카는 켈라라가 한번 결심을 하고 나면 어쩔 도리가 없다는 것을 알고 있었다…… 메카가 고개를 떨어뜨린 채 재즈 저고리를 벗더니, 짜증이 나서 옷을 시렁 위에 던져버렸다.

"애써 모은 돈을 가시덤불 숲에 던져버린 꼴이 되었나?"

"내가 당신하고 같이 그 양복장이를 만나러 가야겠어요." 저고리를 집어들고 좀더 반듯하게 개면서 켈라라가 말했다.

"다들 이 저고리가 뭐가 문제라는 건지 나는 도통 모르겠네." 엥감바가 다시 참견했다.

"여기가 시골 오지는 아니거든요!" 켈라라가 쏘아붙였다.

"입 다물어요!" 아말리아가 엥감바에게 말했다.

엥감바는 벽 쪽으로 돌아누웠다. 켈라라 부부의 언쟁이 끝나자 불편한 침묵이 찾아왔다. 메카는 언제나처럼 무릎 위에 양팔을 내려놓은 자세로 앉아서 다음날 뭘 입을 것인지에 대해 생각했다. 이따금 그는 분주하게 시렁을 정리하고 있는 켈라라를 성난 눈길로 흘깃흘깃 쳐다보았다.

"켈라라네 부부는 사랑을 백인 부부들처럼 하는구먼." 에송바가 웃으며 말했다. "저 나이에 아직도 사랑싸움을 하고 있으니 말이 야!"

메카가 자기도 모르게 슬그머니 소리 내어 웃었다. 주위 사람들에게 옮아간 웃음소리가 점점 더 커졌다. 메카가 웃음을 그쳤다. 그가 입술을 달싹달싹했지만 아무 소리도 나지 않았다. 여자가 실제보다 더 도도해 보이고 싶어서 뾰로통할 때처럼, 그의 입은 샐쭉해져 있었다.

켈라라가 남편 앞에 와서 쪼그려앉더니 품에 안고 있던 보따리를 옆에 내려놓았다. 호기심 많은 사람들이 반원을 그리며 두사람 주위로 모여들었다. 켈라라가 자기 넓적다리를 드러내고는, 그 위에 남편의 발을 올려놓았다. 그녀는 남편이 신고 있던 카키색 천 운동화를 벗기기 시작했다.

"피피냐키스 부인네 가게에서 산 가죽구두를 신고 당신이 내일 견뎌낼 수 있을지 보려는 거예요."

메카의 발은 백인들이 신는 구두에 들어가도록 생겨먹지가 않았던 것이다. 백인들이 오기 얼마 전, 켈라라와 결혼한 나이가 될 때까지 메카는 맨발로 걸어다녔다. 장애물에 부딪쳐서 발가락은 발톱이 빠지고 없었고, 젊었을 때 앓은 열대성 프람베지아 하감[22] 때문에 모두 위쪽으로 휘어져 있었다. 그런 상황을 한층 더 복잡하게 만드는 것은 그의 새끼발가락이었다. 마치 거북의 앞발처럼 발

---

22 하감(pian)은 발진 증상을 보이는 감염성 질병으로, 열대성 프람베지아 하감 (pian crabe)은 발바닥에 생긴다.

의 양옆으로 늘어져 있었기 때문이다. 천 신발을 살 때마다 메카는 두 새끼발가락용으로 신발의 양옆에 작은 창문 구멍을 냈다. 그가 신발을 신으면 이내 새끼발가락들이 밖으로 삐져나왔다. 메카는 가죽구두를 신어본 적이 없었다. 가죽구두에 대한 알레르기가 어찌나 심한지, 가죽구두창 소리만 들어도 계절에 관계없이 그의 코끝에서는 땀이 났다.

밤색 가죽구두를 살 생각을 한 것도 켈라라였다. 메카는 가죽구두를 사기 위해 죽을 맛으로 피피냐키스 부인네 가게에 갔던 날 아침을 생각했다. 그는 켈라라가 말해준 대로 자기가 신는 치수의 바로 위 치수를 달라고 했다. 백인 여자가 여러차례 신어보라고 했지만, 메카는 신어보지 않았다. 모르는 여자 앞에서 고생하고 싶지 않았던 것이다. 그렇지만 백인 여자는 결국 그에게 양말 한켤레, 구두약 한통, 예비용 구두끈 두개, 용도도 잘 알 수 없는 구둣주걱 하나를 사게 만들었다…… 그는 조금 떨어진 곳에 켈라라가 내려놓은 그 모든 물건들을 왠지 조금은 근심스럽게 바라보았다. 남편의 신발을 벗긴 다음, 켈라라는 그의 왼발에 구두 한짝을 신기려고 시도했다. 메카가 그녀의 팔을 밀쳐내더니, 자기 손바닥으로 발가락들을 눌렀다. 그는 아내가 내미는 신발을 받아들었다. 이를 악물었다. 땀방울 하나가 그의 다리 사이로 떨어졌다. 그는 발가락들을 좀더 세게 쥔 다음, 구두 속으로 밀어넣었다. 발뒤꿈치에 좀더 무게를 주기 위해 자리에서 일어섰고, 마침내 그의 뒤꿈치가 선명한 입맞춤 소리를 내며 구두 속으로 들어갔다.

"봐요, 괜찮죠." 켈라라가 일어서며 말했다.

메카는 다시 자리에 앉아 구두 신은 발을 쭉 뻗었다.

"걸어봐요." 켈라라가 말했다.

"걸어봐요, 걸어보라니까." 여기저기서 사람들이 말했다.

메카는 허벅지 사이에 끼고 있던 기다란 야자수 베개를 움켜쥐었다. 윗니로 아랫입술을 깨문 채, 일어나서 몇발자국을 옮겼다. 갑자기 안짱다리가 되었다. 그가 침상으로 돌아가서 다시 앉았다.

"이 구두를 신고는 절대로 멀리 못 가겠어." 그가 구두를 벗으면서 말했다. "절대로 못 가겠어……"

"당신 내일 아침에는 맨발로 갈 수도 없고 헌 신발을 신고 갈 수도 없어요." 켈라라가 대꾸했다.

"저 구두를 늘려볼 수는 있는데." 엥감바가 말했다. "안에 모래를 채우고 가죽을 약간 적셔두면 구두가 부드러워질 거야…… 매제가 내일 아침에는 신을 수 있을걸."

"어르신의 현명한 지혜네요." 누군가가 동의했다.

"그 생각은 미처 못했네요." 미소를 되찾은 메카가 말했다. "내가 먼저 그런 생각을 하지는 못해도, 누군가 그 말을 하면 나도 꼭 알고 있었던 것 같다니까……"

켈라라가 음봉도에게 호롱을 들고 가서 구두에 모래를 채워오라고 시켰다. 집 안은 어둠에 잠겼다. 켈라라가 꺼져가던 화덕의 숯불에 입으로 바람을 불었다. 희미한 불꽃이 일며 엥감바와 메카가 누운 두 침상의 가장자리를 비추었다.

"저 구두를 신고는 절대로 사령관 집무실까지 걸어갈 수 없어." 메카가 혼잣말하듯 중얼거렸다. "여기서는 헌 신발을 신고 출발하는 게 좋겠어…… 켈라라가 나하고 언덕까지 같이 가줄 수 있잖아. 그러면 내가 거기서부터 가죽구두를 신는 거야."

"그거 좋은 생각이네." 엥감바가 말했다.

음봉도가 모래를 가득 채운 구두 두짝을 들고 돌아왔다. 그가 구두에 물을 뿌린 다음, 엥감바의 침상 밑으로 밀어넣었다.

"당신 저고리가 두벌 더 있잖아요." 켈라라가 말했다. "카키색 저고리를 입어도 되는데…… 하기야 당신은 저 저고리를 입겠죠."

"호롱불 이리 가져오게!" 메카가 공연히 음봉도에게 화를 냈다. "저 주름살 보따리 같은 얼굴 좀 보라지!"

음봉도가 터지는 웃음을 참느라 손바닥으로 입을 가렸다.

"호롱불 여기 있어요." 음봉도가 메카의 침상 머리맡에 등을 내려놓았다.

"그러니까 내일 아침이지?" 메카의 침상을 향해 돌아누우면서 엥감바가 말했다.

"내일 아침이에요." 메카가 대답했다.

"몇시에?"

"여덟시 전까지 거기 가야 해요." 반쯤 잠이 들기 시작하면서 메카가 중얼거렸다.

집 안에서 켈라라가 손님들 몇몇이 돗자리나 바나나 잎을 펴게 될 장소를 비로 쓸기 시작했다. 그녀가 비질을 끝내자 집 한가운데로 사람들이 우르르 몰려드는 일이 벌어졌다.

"대체 무슨 일이야?" 메카가 침상에서 벌떡 일어나 소리를 질렀다. "대체 뭣들 하는 거냐고? 연장자들이 먼저 돗자리를 펴게 해요. 자리가 부족하면 나머지 사람들은 베란다에 가서 자고."

어떤 사람들이 돗자리 위에 몸을 던지면서 안도의 한숨을 쉬는 동안, 다른 사람들은 밖으로 나갔다. 메카는 다시 누웠다.

"밤샘은 내일 저녁에 합시다." 그가 말했다. "오늘은 내가 몹시 피곤한데다 내일 아침 일찍 일어나야 하니까, 서둘러 자는 게 좋겠어요."

"예에에에에." 남아 있던 사람들이 대답했다.

"이제 기도합시다." 항상 그러듯이, 메카가 엉덩이를 공중으로 쳐든 자세로 무릎을 꿇었다.

켈라라가 그 옆에서 무릎을 꿇었다. 아말리아 부부도 마찬가지로 무릎을 꿇었다.

"거기도 무릎들 꿇어요!" 메카가 돗자리를 깔고 앉은 사람들을 향해 소리쳤다.

모든 사람의 엉덩이가 허공을 향해 쳐들리자, 메카가 손을 자기 이마에 얹었다.

"아버지의 이름으로." 그가 기도를 시작했다.

등을 깔고 누워서 왼쪽 팔뚝을 이마에 올려놓은 채, 메카는 오지 않는 잠을 기다렸다. 때때로 흙벽을 향해 돌아누워 벽의 갈라진 틈 사이를 바라보곤 했다. 어둠은 빈틈이 없었다. 그는 이따금 잡히지 않는 모기를 잡기 위해 손바닥으로 자기 귀를 때렸다. 다른 사람들도 모두 그랬을 것이다. 손바닥으로 몸을 때리는 둔탁한 소리가 잠이 든 사람들의 코 고는 소리와 뒤섞여서, 오랫동안 메카를 깨어 있게 했다. 불행하게도 다른 사람들보다 먼저 잠들지 못했던 것이다.

켈라라는 두 무릎을 남편의 허리에 쑤셔박으면서 덩치 큰 영양처럼 쪼그린 자세로 잠을 잤다. 벽 쪽으로 밀려난 메카가 아내를 불렀다. 켈라라가 신음소리를 내더니 무의식적으로 남편으로부터 돌아누웠다. 메카는 심호흡을 하고, 눈을 감은 채 잠이 오기를 기다렸다. 자고새의 첫 울음소리가 들렸다. 그는 또다시 벽의 갈라진 틈새로 밖을 바라보았다. 어둠이 희미해지고 있었다. 처남이 가져온 염소까지 눈에 들어왔다.

'켈라라의 오빠는 참 좋은 사람이야.' 그는 생각했다. 엥감바는 그에게 염소를 가져올 생각을 한 유일한 사람이었다. 물론 그와 나누어 먹어야 했지만 다른 사람들은 모두 자기들의 저녁 한끼 양식만 가져왔다. 그 사람들은 이제 뭘 먹겠는가? 틀림없이 그들은 어서 저녁이 와서 그의 염소를 먹을 수 있게 되기를 고대하고 있었다.

'그래!' 그는 생각했다. '그 사람들, 오래 기다려야 할걸! 염소는 우리 네사람이 먹을 거야. 엥감바, 아말리아, 켈라라, 그리고 나. 어쨌든 나는 배불리 먹어야 하지 않겠나……'

그는 자기가 훈장을 받는 행사 장면을 상상해보았다. 백인들 우두머리가 그에게 주려고 가져오는 훈장은 과연 무슨 색일까? 이따금 백인들의 가슴에 걸려 있는 훈장을 보긴 했지만, 아주 멀리에서 봤을 뿐이었다.

'전도사들의 배지 메달 같지는 않았으면 좋겠는데.' 그는 생각했다. '이냐스 오브베의 메달하고는 달라야 해…… 그 작자 부러워서 몸살이 날 거야!'

그는 미소를 지었다. 그는 비비 원숭이 이야기를 생각했다. 그가 다시 미소를 지었고, 이번에는 백인들 우두머리의 모습을 상상해보았다. 얼굴은 어떻게 생겼을까? 메카한테 그자가 뭐라고 말할까? 메카는 그자를 어떻게 맞이해야 할까? 친구 사이가 될 거니까, 백인의 품에 안겨야 할까? 그자한테 뭔가를 가져가야 한다면, 뭘 가져가야 할까? 그는 달걀이 어떨까 생각했는데, 백인들이 달걀을 엄청 좋아하고 그들이 그곳까지 온 것도 달걀 때문이라는 말을 들은 적이 있었던 것이다…… 그는 켈라라를 깨워서, 다음날 아침에 가져갈 달걀 바구니를 준비하라고 말하려고 했다. 그러나 생각을 바꾸었다. 아침에도 시간이 있을 거라고 생각했다.

그가 기지개를 켰다. 새끼발가락 하나가 두개의 대나무 목침 사

이에 끼었다. 그는 켈라라가 억지로 밤색 구두를 신어보게 했을 때
와 똑같은 통증을 느꼈다. 혈관에서 피가 빠져나가는 느낌이었다.
그는 일어나 앉아서 새끼발가락을 뺐다.

"정말 고역이군!" 큰 소리로 그가 말했다. "훈장을 받는 즉시, 구
두를 벗어버려야지." 계속해서 그가 중얼거렸다. "훈장 걸어주는
건 눈 깜짝할 사이에 끝나겠지······"

그는 가슴에 메달 거는 동작을 해보았다.

"······그 정도도 안 걸리겠네!" 그가 혼잣말을 끝냈다.

이제 그는 아무것도 생각하지 않았다. 눈꺼풀 위에 엄청난 무게
가 느껴졌다. 그는 마미 띠띠의 가게를 나설 때보다도 가벼운 기분
을 느꼈다.

그는 잠이 들었다.

2 부

1

메카는 맨머리에 양팔을 몸에 붙인 채 바닥에 석회로 그려놓은 원 안에 부동자세로 서 있었다. 백인들 우두머리가 도착할 때까지 그 원 안에서 기다리라는 지시를 받았던 것이다. 위병들이 그의 동족들을 간신히 제지하여 그의 뒤쪽에 무리 지어 있게 했다. 맞은편, 푸꼬니 씨의 집무실 베란다 그늘 속에 있는 백인들 중에서 메카가 알아본 사람은 수단을 입고 검은 수염을 기른 방데르메이에르 신부뿐이었다. 메카에게 그 백인들은 영양들이나 마찬가지였다. 모두 얼굴이 똑같아 보였다.

메카는 사람들이 자기를 지켜보고 있다는 것을 아는 짐승처럼, 머뭇머뭇 주위를 둘러보았다. 코끝에 맺힌 땀방울을 손바닥으로 닦아내고 싶은 것을 간신히 참았다. 그는 자신이 아주 낯선 상황에 처해 있다는 것을 깨달았다. 그의 할아버지도 그의 아버지도, 규모가 작지 않은 그의 집안의 그 누구도, 석회로 그은 원 안에 서 있어본 적은 없었다. 다시 말해서, 처음 이 나라에 왔을 때 '유령'이라고 불렸던 사람들의 세계와 자신이 속한 세계, 그 두개의 세계 사이에 서 있어본 적이 없었다. 그는 지금 자기 세계의 사람들과 같이 있는 것도 아니었고 다른 세계의 사람들과 같이 있는 것도 아니었다. 지금 자신이 뭘 하고 있는 건지 알 수 없었다. 뒤쪽에서 시끄럽게 떠드는 사람들의 무리 속에 있는 것이 틀림없는 켈라라처럼 그도 무리 속에 있다가, 백인들 우두머리가 도착하고 나서 부르면 그때 나와서 훈장을 받을 수도 있었을 것이다. 그런데 도대체 왜 둠의 백인들 우두머리는 석회로 그린 원 안에 메카를 세워두겠다는 그런 황당한 생각을 했을까! 그가 원 안에 서 있은 지가 벌써 한시간, 아니 그 이상이 되었다. 백인들의 우두머리는 여전히 도착하지 않았다.

더운 날씨였다. 메카는 자기 심장이 발에서 뛰는 게 아닌가 하는 생각이 들었다. 그는 푸꼬니 씨의 집무실이 내려다보이는 언덕 위에서 구두를 신었었다. 사령관에게 인사하러 갔을 때 그는 자기 구두를 거의 의식하지 못했다. 깃발 밑의 자기 자리로 가면서 메카는 마치 둠의 왕이라도 되는 것처럼 걸었다. 붉은색 휘장을 보고 알아볼 수 있었던 원주민 우두머리들에게는 눈길도 주지 않았다.

'부러워서 몸살 날 사람들이 또 있군!' 그는 생각했다. '나는 저 자들을 경멸해! 경멸한다고!'

한 백인이 자기들 앞으로 지나가자 군인들이 그렇게 하는 것을 보고, 메카도 발뒤꿈치를 갖다붙였다. 그 백인이 지나가면서 그에게 미소를 지어 보였고, 백인들의 무리 속으로 돌아가서도 손가락으로 메카를 가리켰다. 유럽인들 사이에서 희미한 웅성거림이 들려왔다. 그러나 그는 여전히 차렷 자세로 꼼짝하지 않았다. 그는 자기 몸이 나무토막처럼 뻣뻣하게 느껴졌다.

뻣뻣해진 목에 제일 먼저 피로가 왔다. 메카는 주위를 다시 둘러보았다. 마치 발에서 심장이 뛰고 있는 듯한 느낌이 들자, 백인들의 우두머리가 올 때까지 자기가 원 안에 계속 서 있을 수 있을지 걱정이 되기 시작했다. 그는 밤에 채워넣었던 모래를 아침에 비워냈을 때보다 더 늘어난 것처럼 보이는 자신의 구두를 내려다보았다. 한쪽 발을 움직여보았고, 두 주먹을 쥐었고, 호흡을 참았다. 잠시 동안 커다란 평온함이 느껴졌다. 그러자 그는 덜 아픈 오른발 위에 자기 체중을 전부 실어보았다. 왼발은 약간의 휴식을 얻었지만, 이제는 오른발에서 무슨 일이 일어나고 있는지 알 수 없을 지경이 되었다. 엘라가 그에게 준 바늘이 새끼발가락을 관통하여 발목까지 올라오고, 허벅지까지 올라와서, 척추에 박히기라도 한 것 같았다. 그리고 이제는 그 바늘이 수없이 많은 바늘들로 늘어나서, 그의 몸 전체를 따끔거리게 만들었다. 메카는 땀으로 흠뻑 젖었다.

'양말은 신지 않아서 다행이야!' 그는 생각했다.

그는 자신이 느끼고 있는 고통보다 좀더 혹독한 고통을 상상해보았다.

'그래!' 그는 생각했다. '난 남자야! 내 조상들이 나를 이렇게 만들었지! 조상들이 지금 여기 있는 나를 보고 계실 거야…… 조상들을 수치스럽게 하지는 말자. 나는 칼로 거세를 받았고 주술사는 내 상처에 입으로 고춧가루를 뿌렸지. 그래도 난 울지 않았어……'

그는 좀더 세게 이를 악물었다.

'난 소리 내어 운 적이 없어.' 그는 생각했다. '나는 평생 소리 내어 운 적이 없어. 남자, 진정한 남자는 절대로 울지 않는 법이야……'

메카는 남자, 진정한 남자였다. 최초의 백인들과 오랫동안 맞서 싸웠던 위대한 메카의 아들이 아니던가? 그런데 뭐란 말인가? 백인들 앞에서, 그의 아버지를 알았거나 그의 아버지 이야기를 들은 적이 있는 동족들 앞에서, 그가 운단 말인가?

메카가 환한 표정으로 백인들 쪽을 바라보았다. 그는 한쪽 발을 펴고 다른 쪽 발을 벌렸다가, 순서를 바꾸어서 한번 더 움직여본 다음에, 발뒤꿈치를 다시 모았다. 그가 몸을 돌려서, 동족들을 안심시키기라도 하려는 듯 미소를 지어 보였다. 그는 양손을 등 뒤로 돌려 뒷짐을 진 자세로 기다렸다. 구두는 더이상 불편하게 느껴지지 않는 것 같았다. 그는 자기 머리 위에서 펄럭이는 깃발을 바라보았고, 백인들과 군인들을 바라보았고, 목에 뻣뻣하게 힘을 주었다.

'그자가 밤이 돼야 온다 하더라도 나는 기다리겠어.' 그는 생각했다. '그자가 내일 온다 하더라도, 일년 뒤에, 아니면 세상이 끝나야 온다 하더라도……'

갑자기 그의 얼굴에 주름이 잡히면서 어두운 표정이 나타났다. 아랫배에 압박감이 느껴지는 것 같았다. 그는 천천히, 아주 천천히, 소변 욕구가 가까워오는 것을 느꼈다.

푸꼬니 씨가 둠의 유럽인들이 서 있는 맨 앞줄, 자신의 부관과 새 모가지 사이에 서 있었다. 부관은 검고 풍성한 머리와 동글동글한 체형, 넓은 골반을 지닌 젊은이였는데, 흑인들은 '반半여자 꼬붕'이라는 별명으로 불렀다.

푸꼬니 씨가 앞쪽으로 나오더니 층계를 내려와서 안마당까지 갔다. 부관이 금방 따라왔다. 두사람은 메카에게서 몇발짝 떨어진 거리에서 잠시 이야기를 주고받았다. 푸꼬니 씨가 그를 쳐다보면서 미소를 지었다. 메카도 최대한 크게 미소를 지어 그에게 화답했다. 뒤이어 두 백인은 군인들의 우두머리와 뭔가를 의논하러 갔다. 여전히 부관을 대동한 채, 푸꼬니 씨가 백인들의 무리 속으로 돌아갔다.

'만일 내가 가버리면!' 메카는 두 발이 타는 듯 뜨거웠다. '내가 가버리면?'

스스로에게 여러차례 똑같은 질문을 한 뒤에 그가 어깨를 으쓱했고, 간신히 마음을 다잡으면서 손바닥으로 재빨리 땀에 젖은 얼굴을 닦았다. 방금 자신이 이뤄낸 쾌거가 사람들 눈에 띄었다는 것을 증언해줄 누군가를 찾기라도 하는 듯이, 그가 주위를 둘러보았다. 그는 갈지자로 비틀거렸고, 어정쩡하게 다른 동작을 취하더니, 휘파람까지 불려고 했다. 그가 다시 한번 스스로를 억제하면서 손바닥으로 입술을 닦았다. 그는 무슨 생각을 하면, 점점 커지는 생리적 욕구와 자기 두 발을 태우고 있는 잉걸불의 열기를 잊어버릴 수 있을지 자문했다.

자기 집 뒤, 아침마다 기도가 끝나면 그가 쪼그려앉곤 하는 양산나무 밑으로 갈 수만 있다면 무슨 일이라도 할 수 있을 것 같았다. 그는 두 눈을 감았다.

'전능하신 하느님,' 그는 마음속으로 기도했다. '사람의 마음속에 어떤 일이 일어나는지 전부 알고 계시는 유일한 분이시여, 제가 이 원 안에서 혼자, 두개의 세계 사이에서—그는 눈을 뜨고 앞쪽과 뒤쪽을 차례로 바라본 다음에 다시 눈을 감았다—아, 하느님, 당신이 전혀 다르게 만들어놓으신 저 두개의 세계 사이에서, 제가 훈장과 백인들의 우두머리를 기다리고 있는 이 순간, 저의 가장 소중한 욕망, 가장 소중하고 중요한 욕망이 구두를 벗는 것과 오줌을 누는 일이라는 것을 당신은 아십니다…… 그렇습니다, 오줌을 누는 것입니다…… 저는 그저 불쌍한 죄인일 뿐이고, 당신이 제 말에 귀를 기울일 만한 가치도 없는 사람입니다…… 그렇지만 우리 주 예수 그리스도의 이름으로 비옵나니, 제 인생에 전례가 없는 이 상황을 해결할 수 있게 도와주소서…… 마음속으로 십자 성호를 그립니다.'

그가 눈을 뜨고 혀로 자기 입술을 핥았다. 그는 편안해진 느낌이 들었다.

열시 반이었다. 푸꼬니 씨가 짜증을 내기 시작했다. 고등판무관은 한시간이나 늦어지고 있었다. 국기에 대한 경례를 하려면 그를 기다려야 했다. 푸꼬니 씨는 원주민 관리들 쪽으로 갔다가, 다시 우두머리들 쪽으로 갔다. 그가 메카 앞을 다시 지나갔다.

"덥네요, 그렇죠!" 그가 메카에게 말했다.

"네, 네." 메카가 대꾸했다.

그게 그가 프랑스어로 할 수 있는 말의 전부였다. 푸꼬니 씨 옆으로 부관과 새 모가지가 다시 갔다. 백인들이 메카 앞을 오가기 시작했다.

'저 사람들은 구두를 신어도 아프지 않아서 좋겠어.' 그렇게 생각하면서 그는 씁쓸한 기분이 들었다. '저 사람들은 젊은데다가 모자까지 썼지…… 그런데 불쌍한 어른인 나는 도마뱀처럼 맨머리를 햇볕에 굽고 있어야 하는구먼.'

유럽인들이 그의 앞으로 다시 지나갔다. 그들이 입은 흰색 제복 때문에 그의 눈이 아파왔다. 그는 다시 눈을 감았지만, 두 귀는 백인들의 무거운 발걸음 밑에서 자갈들이 내는 시끄러운 마찰음 때문에 몹시 괴로웠다.

메카는 발, 아랫배, 더위, 이빨 중에서 어디가 제일 고통스러운지 알 수 없었다. 그 순간 누군가 그에게 몸이 어떠냐고 물었다면, 평소처럼 거짓말하지 않고 고통으로 온몸이 찢어진다고 솔직하게 말했을 것이다. 그는 마미 띠띠의 가게에 들르지 않은 것을 후회했다.

'최소한 거기서 뭔가를 먹었으면, 이 정도로 고통을 느끼지는 않을 텐데.' 그는 생각했다.

그는 중앙상가 쪽을 바라보았다. 바로 그때, 나팔소리가 울려서 모든 사람들이 웅성거렸다. 메카는 소형 삼색기를 단 커다란 검은색 자동차가 그가 서 있는 안마당을 향해 전속력으로 달려오는 것을 보았다. 자동차가 푸꼬니 씨와 부관 앞에 와서 멈추어섰다. 둠의 사령관이 자동차 문 하나를 열었다. 거대한 체격의 백인 두사람이 차에서 내렸다. 메카는 둘 중 누가 사람들이 기다리고 있는 최고 우두머리인지 궁금했다.

두 백인은 푸꼬니 씨와 부관의 호위하에 군인들 앞으로 지나갔다가는 다시 되돌아 지나갔고, 이윽고 푸꼬니 씨의 안내를 받으며 둠의 백인들이 기다리고 있는 집무실 앞 베란다로 갔다.

잠시 뒤에 푸꼬니 씨는 무리 지어 선 원주민 관리들을 두사람에게 소개했고, 책임자들의 무리를 소개할 때는 자신도 몇몇사람들과 악수를 나누었다. 두사람이 자기 쪽으로 오는 것을 보았을 때, 메카는 날카로운 칼날이 자신의 창자를 잘라내는 듯한 느낌이 들었다. 위험 앞에 마주 섰을 때처럼 그는 이를 악물고 근육을 긴장시켰다. 푸꼬니 씨가 턱 끝으로 메카를 가리켜 보였고, 계속해서 뭔가 말을 하면서 자신의 상관들 쪽으로 돌아섰다. 메카는 그 사람들이 자신의 욕구를 알아챈 것이 아닐까 불안했다. 그는 두 눈을 깜박이며 양 주먹을 그러쥐었다. 푸꼬니 씨의 말이 끝나자 두 백인은 자신들의 나긋나긋한 손을 차례로 메카에게 내밀었고, 메카는 젖은 헝겊을 쥐듯 그들의 손을 꼭 쥐었다. 두사람은 자신들의 동족들이 모여 있는 곳으로 돌아갔다.

메카는 더이상 버틸 수가 없었다. 어찌나 더운지, 혹시라도 해가 하늘이 아니라 자기 등 뒤에 있는 건 아닌지 확인하기 위해 하늘을 쳐다봐야 했다.

빨리 훈장을 주지 않고 왜 이렇게 지체하는 걸까? 메카처럼 나이 든 사람을 어떻게 한시간이나 서 있게 할 수 있단 말인가? 혹시 사람들이 그가 기다리고 있는 훈장을 잃어버리거나 잊은 건 아닐까? 이런 생각을 하자 그는 불안해졌다. 친구들, 자신이 약간은 뻐기면서 으스댔던 사람들한테 뭐라고 말한단 말인가? 아, 저놈의 백인들! 백인들하고는 쉬운 일이 아무것도 없었다. 백인들이 걸음은 빨리 걷지만, 뭔가를 약속하고 난 뒤에는 거북이들이었다. 지금도 저기, 안마당 저쪽에서, 끝도 없이 소개와 인사를 주고받으며 시간을 끌고 있지 않는가. 메카는 절레절레 고개를 흔들며 자기 발을 내려다보았다. 그는 놀라서 몸을 움찔할 뻔했다. '내 발이 은띠의 발처럼 됐어! 뽈 은띠의 발이 됐어!'

그는 양손을 아랫배 위에 포갰다. 그러자 아주 편안한 느낌이 들었다.

두 낯선 백인, 푸꼬니 씨와 부관, 피피냐키스 씨가 자기 쪽으로 오는 것을 보고 메카는 서둘러 발뒤꿈치를 모았다. 양팔도 최대한 넓적다리에 갖다붙이고, 고개를 세운 자세로 꼼짝도 하지 않았다. 피피냐키스 씨가 그의 옆으로 오는 것이 보였다. 푸꼬니 씨와 다른 사람들은 두사람의 몇걸음 앞에 그대로 서 있었다.

둥둥거리는 북소리와 함께 나팔 소리가 다시 울렸다. 덩치 큰 백인들 중 한사람이 피피냐키스 씨를 향해 다가왔다.

'저 사람이 최고 우두머리구나.' 메카는 생각했다.

메카는 그자가 누구 또는 무엇을 닮았다고 해야 할지 가늠이 되지 않았다. 다만 메카에게 강한 인상을 준 것은 넥타이 매듭을 반쯤 가릴 정도로 크고 넓은 그의 아래턱이었다.

백인들의 최고 우두머리가 귀머거리한테 말하듯 큰 소리로 피피냐키스 씨에게 말을 했고, 피피냐키스 씨는 조각상처럼 꼼짝하지 않았다. 말을 끝낸 최고 우두머리가 푸꼬니 씨의 부관이 내민 작은 상자 속에서 메달 하나를 집어서 피피냐키스 씨의 가슴에 달아주었다. 뒤이어 그 덩치 큰 백인들의 우두머리가 앞에 서 있는 그리스인 피피냐키스의 어깨를 잡고 그의 양 볼에 차례로 자기 볼을 갖다대는 것이 보였다. 그렇게 움직일 때마다 홍토紅土 빛깔의 늙은 젖가슴 같은 그의 아래턱이 흔들거렸다.

이제 메카 차례였다. 백인들의 최고 우두머리가 메카 앞에서 고래고래 소리를 지르기 시작했다. 입을 여닫는 동작에 따라 그의 아래턱뼈가 올라갔다 내려갔다 했고, 마찬가지로 아래턱도 부풀었다 줄어들었다 했다. 그가 상자에서 다른 메달 하나를 집어들고 메카에게 다가오며 계속 말을 했다. 그사이에 메카는 그 메달이 피피냐키스의 메달과 다르다는 것을 알았다.

백인 최고 우두머리의 키는 메카의 어깨까지 왔다. 메카는 자기 가슴에 훈장을 달아주는 그를 시선을 깔고 내려다보았다. 카키색 상의를 통해 자신의 뜨거운 숨결이 느껴졌다. 백인들의 최고 우두머리는 격투기 선수처럼 땀을 흘리고 있었다. 그의 등은 마치 비라도 맞은 것 같았다. 어깨에서부터 엉덩이까지 물에 젖은 커다란 판을 씌워놓은 것 같았다.

메카는 그가 피피냐키스 씨에게 한 것처럼 땀에 젖은 제 모이주머니를 자신의 양어깨 위에 갖다댈까봐 불안했다. 훈장을 걸어준 뒤에 그가 몇걸음 물러나서 악수하려고 손을 내밀자 메카는 안도의 숨을 내쉬었다. 메카는 마치 젖은 솜을 쥐듯 그의 손을 자기 손안에 움켜쥐었다.

메카는 자기 가슴을 비스듬히 내려다보았다. 카키색 저고리에 꽂힌 훈장이 정말 거기 있었다. 그는 미소를 지으며 고개를 들었고, 얼굴 전체로 박자를 맞추면서 자신이 작은 소리로 노래를 부르고 있다는 것을 깨달았다. 자기도 모르게 상체가 웨이브를 탔고, 무릎은 용수철처럼 구부러졌다가 펴졌다. 그는 더이상 고통스럽지 않았고 자기 몸의 뼈들이 우두둑거리는 소리도 들리지 않았다. 더위, 소변 욕구, 발의 고통, 이 모든 것이 마술처럼 사라져버렸다. 그는 훈장을 다시 바라보았다. 목이 자라는 느낌이 들었다. 그랬다, 하늘을 향해 치솟는 바벨탑처럼 머리가 위쪽을 향해 올라가고 또 올라갔다. 이마가 구름에 닿았다. 부지불식간에 양팔이 비상 준비를 끝난 새의 날개처럼 들어올려졌다……

'염소를 조리한 냄비에는 염소 향이 오래 남는 법이지.' 그는 생각했다. 누가 감히 메카의 집안이 끝장났다고 했던가? 메카의 집안 사람이자, 백인들의 우두머리가 와서 훈장을 준 둠의 유일한 원주민인 그가 있지 않은가? 그렇다, 땡바에서 유명해진 그의 이름이 산과 바다를 건너 백인들 우두머리의 귀에까지 들어가서, 그 우두머리가 다른 우두머리를 둠으로 보내 그에게 훈장을 주게 한 것이다. 그렇다는 것을 모든 사람들이 알고 있었고, 고등판무관이 자기 손으로 직접 그의 가슴에 훈장을 달아주는 것을 모든 사람들이 보았다.

백인들의 최고 우두머리는 자신의 보좌관, 푸꼬니 씨와 그의 부관에게 둘러싸인 채 안마당 한가운데, 메카의 맞은편에 멈추어 섰다. 푸꼬니 씨가 손가락으로 통역사를 불렀는데, 메카가 며칠 전에 푸꼬니 씨의 집무실에서 만난 사람이었다. 그 원주민 관리가 모자를 벗어들고 메카를 향해 뛰어와서는, 백인 우두머리와 사령관이 메카더러 하루 종일 먹고 마시라고 했으며 아프리카의 집에서 술부터 마실 거라는 말을 전했다. 메카는 동의의 뜻으로 고개를 뒤로 젖혔다. 통역사는 메카에게 관리들과 피피냐키스 씨가 있는 곳으로 가라고 말했다. 메카는 고개를 쳐들고 의기양양하게 안마당을 가로지른 다음, 그리스인의 옆자리는 거들떠보지도 않고 푸꼬니 씨의 부관 옆으로 갔다.

나팔 소리가 울렸다. 군인들이 「로렌 행진곡」 소리에 맞추어 열을 지어 행진하기 시작했다. 군인들이 문득 백인들의 최고 우두머리를 향해 고개를 돌리자 우두머리가 자신의 군모 챙에 손을 갖다댔다.

메카는 몹시 감동하여 두 눈을 휘둥그렇게 뜬 채, 자기 앞으로 지나가고 또 지나가는 멋진 총들을 바라보았다. 저 야벳의 후손들에게 누가 맞설 수 있겠는가? 그는 자신의 낡은 토착 소총을 생각했다. 메카의 아버지는 그 총으로 백인들을 몰살시키겠다는 생각을 했으니! 그는 앙드레 오브베한테 들은 연막탄을 찾아보았지만 찾을 수 없었다. 그 어떤 군인도 그가 상상했던 커다란 검은색 구鞋를 들고 있지는 않았다. 메카는 마음속으로 총을 헤아리기 시작했다. 숫자가 헷갈리면 다시 시작하고, 그러다가 다시 또 헷갈리곤 했다. 그러다가 이번에는 자신의 바나나밭을 엉망으로 만들어놓는 그 빌어먹을 고릴라들이 생각났다. 쓰지 않는 저 총들 중에서 한자루만 메카에게 주면 얼마나 좋겠는가! 그렇지! 고릴라들이 임자를 만나게 되는 거지. 그는 백인들의 최고 우두머리에게 총 한자루를 달라고 해야겠다고 마음먹었다. 우두머리의 입장에서는 메카한테 총 한자루 주는 것이 무슨 대단한 일이겠는가? 그런 생각이 머릿속에 떠오르자, 그는 백인들의 최고 우두머리와 푸꼬니 씨를 번갈아 바라보았다. 푸꼬니 씨의 부관이 그를 매서운 눈길로 쳐다보았다. 메카가 입술을 달싹거리며 한걸음 앞으로 나섰다. 부관이 강압적인 몸짓으로 그에게 물러서라는 신호를 했다. 메카는 강하게 뛰는 맥박의 고동을 두 발에 느끼면서 손바닥으로 얼굴을 닦았다. 부관이 어깨를 으쓱하더니 더이상 그에게 관심을 갖지 않았다. 감동으로 가슴이 먹먹해진 채, 메카는 발뒤꿈치를 모으고 좀더 몸을 숙여서 행진 대열의 마지막 소총이 사라지는 것을 바라보았다. 그가 다시 몸을 일으켰을 때, 부관의 시선이 그를 노려보고 있었다. 메카는 배뇨 욕구가 되살아나는 것을 느꼈다.

켈라라는 기쁨의 눈물을 흘리며 남편의 훈장 수여를 지켜보았다. 백인이 메카와 악수를 할 때는 숨이 멎을 것 같았다.

"인물이야!" 주위에서 사람들이 말했다. "둠에 훌륭한 인물이 없다는 말은 이제 할 수 없게 됐어!"

"저 사람은 훈장으로 옷을 해입혔어야 할 사람이야!" 누군가가 야유하듯 말했다. "그랬으면 좀더 공평해졌겠지! 저 사람은 그 댓가로 땅과 자식들을 잃었으니까 말이야……"

그 말이 불협화음처럼 켈라라의 감동에 찬물을 끼얹었다. 그녀는 자신의 고통이 아직도 생생하고, 그 무엇도 두 아들의 죽음을 달래주지 못하리라는 것을 깨달았다. 그녀는 울지 않으려고 스카프를 풀어 입을 틀어막았다.

116

"저 나이 드신 부인, 왜 저래요?" 누군가가 물었다. "어디 아파 요?"

한 여인이 켈라라의 어깨를 끌어안았다. 켈라라는 그 여자의 어깨에 기대어 펑펑 울기 시작했고, 그 여자도 함께 울었다. 남자들은 시선을 돌렸다.

"제기랄! 저 노파 왜 저래?" 사람들이 말했다.

울면서 켈라라는 목까지 차 있던 응어리가 조금씩 풀리는 느낌이 들었다. 응어리가 더이상 느껴지지 않게 되자, 그녀는 자신을 부축해준 여자에게 고맙다고 말했다. 그러고는 까치발을 하고 서서, 행진이 끝나가는 안마당을 바라보았다. 머리통에 햇빛을 받으며 남편이 백인들의 우두머리를 향해 멍청한 미소를 짓는 모습이 보였다. 그녀는 자기 마음속에서 어떤 일이 일어나고 있는지 알지 못했다. 그녀에게 메카는 마치 처음 보는 사람 같았다. 저기서 웃고 있는 사람이 정말 자신의 남편인가? 그녀는 신문지에 둘둘 말아 자기 겨드랑이에 끼고 있던 남편의 낡은 신발 한켤레를 바라보다가, 또다시 까치발을 했다. 저기서 웃고 있는 남자는 그녀에게 아무것도 아니었다. 그녀는 자기 자신이 두려워졌고, 두 눈을 비비고 메카를 다시 바라보았다. 경멸의 표시처럼 그녀의 입꼬리가 처지면서 뾰로통해졌다. 그녀는 사람들 사이를 헤치고 키 크고 홀쭉한 한 젊은이에게 다가가서 그의 손을 잡았다. 어안이 벙벙해서, 젊은이가 입을 헤벌린 채 그녀를 바라보았다.

"조금 전에 말한 사람이 당신이지." 그녀가 젊은이에게 말했다. "고마워요. 당신 입을 통해 성령의 말씀을 들었어요."

젊은이는 처음에는 반박하고 싶었지만, 생각을 바꾸어 손바닥으로 입술을 닦았다.

"빌어먹을! 내가 또 주책없이 무슨 말을 한 거야?" 젊은이가 큰 소리로 말했다.

"젠장!" 중국인으로 오해받을 만큼 키가 작은 다른 젊은이 하나가 옆에서 말했다. "자네가 조금 전에 이 노인네를 울렸잖아……"

몹시 당황한 홀쭉한 젊은이가 돌아서서 켈라라에게 사과하려고 했지만, 그녀는 이미 가버리고 없었다.

"이해를 못하겠네!" 그가 말했다. "조금 전에 저기서 훈장 받은 사람의 아내 아냐?" 그가 옆자리 사람에게 물었다.

"아마 그럴걸. 자네가 방금 훈장 받은 사람에게 훈장을 더 많이 줘야 한다고 말하자, 그 여자가 울기 시작했으니까…… 조금 전에 받은 훈장 때문에 그 남자가 땅과 아들들을 잃었다는 건 어떻게 알았어?"

"사령관이 어제 식사 자리에서 피피냐키스 씨한테 그렇게 말했어. 자네, 내가 사령관의 시동이라는 거 잊었구먼……"

두 젊은이는 더이상 서로 말을 주고받지 않았다.

푸꼬니 씨의 집무실 베란다에 모인 둠의 유럽인들의 흰색 정장 한가운데서, 메카는 하나뿐인 카키색과 검은색의 점이었다. 메카는 유럽인들의 관심을 끌기 위해 거듭해서 미소를 지으려고 애썼다. 이따금 하얀 손들이 그의 머리와 귓불을 스치고 지나가 그의 가슴에 걸린 훈장을 만져보며 건성으로 감탄을 표시했다. 메카는 자기 메달과 비슷한 메달을 걸고 있는 사람이 백인들 중에 아무도 없다는 것을 알고 아주 기뻤다. 방데르메이에르 신부가 빈정거리는 듯한 미소를 지으면서 그의 어깨를 두드렸을 때, 메카는 최대한 활짝 미소를 지었다. 신부는 이제 그가 대단한 인물이 되었다고 말해주었다.

자신도 모르는 사이에 메카는 최고 우두머리 주위에 둥그렇게 모여선 백인들의 무리로부터 빠져나와 있었다. 그의 동족들은 벌써 마당에서 춤을 추고 있었다. 탐탐 반주에 맞춘 춤이 행진의 뒤를 이었다.

메카는 아프리카의 집으로 언제 가는지 누군가에게 물어보고 싶었다. 그가 방데르메이에르 신부에게 다가가서 가볍게 어깨를 쳤더니, 신부가 매서운 눈길로 노려보며 손등으로 그를 거칠게 밀쳐냈다. 메카는 깜짝 놀라서 물고기처럼 입을 헤벌린 채 손으로 자기 턱을 만졌다. 아니, 그럴 수는 없었다. 방데르메이에르 신부가 메카에게 그런 식의 반응을 보일 수는 없지 않은가?

메카는 몇걸음 떨어진 곳으로 가서 벽에 기대앉았다. 두 다리를 쭉 펴고 두 손을 허리에 얹었다. 그는 여러차례 머리를 설레설레 흔들다가 동작을 멈추었다. 너무 놀라서 그의 입은 여전히 목 졸린 짐승의 입처럼 벌어져 있었다. 그는 시멘트 바닥에 뱀의 눈이라도 달린 것처럼 멍하니 홀린 태도로 바닥을 응시했다. 그는 더이상 백인들의 무리를 쳐다보지 않았고, 그들이 나누는 대화도 웅성거림만이 들렸다. 알아듣지도 못하고 보이지도 않는 상태에서, 백인들이 저렇게 말하는 것을 어디에서 들었더라? 혼란스러운 머릿속에서 덧없는 기억을 짜내기라도 하려는 듯, 그는 양손으로 머리를 쥐고 관자놀이를 눌렀다. 그가 미간을 찌푸렸고, 이윽고 얼굴이 다시 펴졌다. 축음기에서 들었다는 것을 마침내 생각해낸 것이다! 그는 눈을 감았고, 방데르메이에르 신부, 푸꼬니 씨, 백인들의 최고 우두머리를 뇌리에서 쫓아냈다.

바로 그때 누군가가 그의 어깨를 툭 쳤다. 눈을 뜨기도 전에 메카는 그게 방데르메이에르 신부라는 것을 알 수 있었다. 신부가 일요일에 헌금을 걷기 위해 신자들 뒤로 지나가면서 신자들의 어깨를 툭툭 치던 방식과 똑같았기 때문이다.

"수면병 걸렸어요?" 신부가 서툰 음베마어로 메카에게 물었다.

웃음을 터뜨렸다가 입가에 어색한 웃음기만 남긴 채, 신부의 표정이 굳어버렸다. 메카가 평생 처음 성난 눈길로 그를 쏘아보았던 것이다.

"아파요? 어디 아파요?" 방데르메이에르 신부가 더듬거리며 말했다.

"아뇨, 신부님, 조금 피곤해서요." 메카는 거짓말을 했다.

"조금 있다가 아프리카의 집에 가면 다시 힘이 나겠지!" 신부가 그의 귀를 잡아당기면서 말했다.

"네, 신부님." 메카가 대꾸했다.

메카를 밀쳐내고 나서 방데르메이에르 신부는 자기가 경솔하게 발톱을 드러냈다는 생각을 뒤늦게 했고, 메카가 그 점을 알아챘을까봐 걱정이 되었다. 그는 확인하고 싶었고, 메카가 자기를 따라오지 않자 먼저 다가가서 메카에게 말을 걸었던 것이다. 메카의 얼굴에서 아무런 특별한 기색도 발견하지 못한 그는 안심하고 동족들의 무리 쪽으로 되돌아갔다.

마침내 푸꼬니 씨가 축배주 이야기를 꺼냈다. 둘러서 있던 유럽인들이 양쪽으로 갈라서면서 고등판무관에게 길을 내주었다. 그를 알아본 메카는 자리에서 일어나 저고리 자락을 추슬렀다. 층계를 내려온 고등판무관이 그를 보고 미소를 지었다. 백인들이 우르르 자동차에 올라탔다. 방데르메이에르 신부는 자신의 소형 트럭 뒤로 갔다. 고등판무관의 차가 제일 먼저 시동을 걸었다. 푸꼬니 씨,

새 모가지, 방데르메이에르 신부의 차가 그 뒤를 이었다. 메카는 미사용 포도주 상자에 걸터앉아 구두를 벗었다.

2

엥감바는 도무지 뭐가 뭔지 알 수 없었다. 켈라라는 안마당의 흙먼지 속에 주저앉아 양손으로 자기 머리를 감싼 채 비통하게 울었다. 아말리아도 그녀와 함께 울었다. 두 여인이 울음소리를 내지를 때마다 엥감바는 온몸에 전율을 느꼈다.

"입들 닥쳐!" 그가 호통을 쳤다. "입 닥치라고! 메카가 백인들 최고 우두머리한테 훈장을 받은 이 좋은 날에, 왜 재수없게 울고들 난리냐고!"

그 말을 들은 켈라라가 한층 더 크게 울었다. 그녀는 나무토막처럼 땅바닥 위를 구르기 시작했다. 머리털을 쥐어뜯으면서 자기 얼굴에 침을 뱉으려고 애를 썼다.

마을은 인적이 없었다. 백인들의 최고 우두머리가 온다고 밤을 새우며 기다린 사람들이 모두 그를 보러 둠으로 간 것이다. 엥감바가 둠에 가지 않은 것은 그의 발이 여정을 견뎌낼 수 없었기 때문이었다. 아말리아의 등에 업히지 않으면 그는 집 뒤에도 가지 못했다. 꾸벅꾸벅 졸고 있는데, 아말리아가 다가와서 그에게 말했다.

"우는 소리가 들려요, 켈라라 목소리 같은데." 두 손을 양 귓바퀴에 갖다대면서 그녀가 말했다.

아말리아가 착각한 것이 아니었다. 실제로 켈라라가 마을 저쪽 끝에서 울며 오고 있었다.

"어떤 여자, 어떤 어미가 나보다 더 불행할꼬! 나는 내가 남자하고, 튼튼한 남자하고 결혼한 줄 알았지…… 아이고! 어쩌자고 똥투성이 엉덩이하고 결혼을 했단 말인가! 우리 아이들, 불쌍한 아이들을 우리가 팔아버렸어, 유다가 예수님을 판 것처럼…… 그래도 유다는 돈이나 받고 그랬지…… 나하고 잠자리를 같이해서 너희들을 낳은 남자는 제 보석들을 헐값에 팔아넘겼어! 불쌍한 것들, 너희둘 합쳐서 훈장 하나 받았으니까…… 어떤 여자, 어떤 어미가 나보다 더 불행할까?" 그녀가 되풀이해서 말했다.

"입 닥쳐, 켈라라, 내가 불쌍하지도 않고." 엥감바가 애원했다. "나는 환자야, 난 울 힘도 없다니까."

그렇게 말하면서 그의 목소리가 잦아들었다. 아말리아가 한 팔로 켈라라의 목을 껴안자, 켈라라가 아말리아의 허리를 끌어안았다. 아말리아가 켈라라를 집 안으로 끌고 갔다. 켈라라는 불가에 누웠다. 아말리아가 물 한 컵을 가져다주자 켈라라가 흐느끼면서 마셨다.

엥감바는 어깨를 으쓱하면서 켈라라로부터 등을 돌렸다.

3

홀의 구석구석 쟁반을 들고 다니는 시동이 가져다준 작은 샴페인 잔이 비자, 메카는 커다란 손바닥 안에서 잔을 이리저리 굴리고 있었다. 메카와 마찬가지로 아프리카의 집에서 축배를 마시는 특권을 누리게 된 원주민 관리들과 책임자들, 그리고 연단 위의 백인들은 모두가 손에 술잔을 들고 있었는데, 메카는 그들을 쳐다보지도 않고 단숨에 샴페인 잔을 비워버렸다. 축배의 신호로 술잔을 자기 입으로 가져가던 고등판무관이 메카가 과속했다는 것을 알았다. 그가 푸꼬니 씨를 향해 돌아섰다. 푸꼬니 씨가 메카를 노려보았다. 그렇지만 메카는 아무것도 눈치채지 못했다.

메카는 생전 한번도 마셔본 적이 없고 창자 속까지 얼얼하게 만드는 그 술의 맛을 나름대로 분석해보려고 애썼다. 도대체 무엇에 비교할 수 있을까? 그는 과식했을 때 물컵에 따라 마시곤 했던 에노를 떠올렸다. 그럴 리는 없었다. 장난치는 것도 아니고, 사령관이 모든 사람들에게 설마 에노를 축배주로 주겠는가! 도대체 방금 마신 술의 맛을 무엇에 비교할 수 있을까? 에노처럼 뜨겁기는 했지만 맛은 그렇지 않았다. 메카는 제 귓불을 긁으면서 옆 사람의 술잔을 들여다보려고 했지만, 그가 입은 줄무늬 군복의 붉은색 휘장에 기가 죽어서 감히 그렇게 하지 못했다. 다른 사람들은 자기처럼 샴페인 잔을 단숨에 비우지 않았다는 것을 알고 그는 놀랐다. 백인들이든 흑인들이든 모두 입술을 술잔에 가져다대기만 했다. 그들은 연못가의 새들처럼 한모금씩만 마셨다. 아! 저 백인들, 책임자들, 관리들도 자기가 남자라고 주장할 수 있을까? 전혀 별 볼 일 없는 약해빠진 술 한잔 앞에서 저렇게들 겁을 먹고 있지 않은가! 메카는 고등판무관을 바라보았다. 은근한 우월감의 미소가 그의 입가를 스쳤다. 백인들의 최고 우두머리조차 그 술 앞에서 겁을 먹고 있었다. 메카는 자신이 남자라는 것을 그에게 보여주고 싶었다. 메카는 연단 발치에 서 있던 시동을 손짓으로 불러 잔을 내밀었다. 시동이 웃지 않으려고 고개를 돌렸다. 직업상 그는 온갖 꼴사나운 일들을 다 본 사람이었다. 그렇지만 양말도 안 신고 넥타이도 매지 않은 저런 시골뜨기가 어떻게 아프리카의 집, 그것도 고등판무관이 있는 자리에서 제집처럼 행동할 수 있단 말인가?

메카가 여전히 빈 잔을 시동에게 내밀면서 장의자에서 반쯤 일어섰다. 시동이 어떤 몸짓과 함께 그에게 얼굴을 찌푸려 보였지만, 메카는 그 몸짓의 의미를 이해하지 못했다. 메카가 일어섰다. 바로 그때 옆자리 남자가 그의 엉덩이를 툭툭 쳤다. 반사적으로 자리에 다시 앉은 메카가 당황하여 헛기침을 한 다음, 그 남자를 향해 돌아섰다. 옆자리 남자가 몸을 숙이자 메카의 귓가에 그 남자의 뜨거운 숨결이 느껴졌다.

"진정해요, 젠장! 그냥 내버려둬." 옆자리 남자가 그에게 속삭였다. "저 백인들 다 총살시켜버려야 해요. 우리 같은 전문가들을 초대해놓고 겨우 이런 술잔을 주다니! 장담컨대, 저 사람들은 우리를 취하게 만들 수 없어……"

그가 나지막이 웃기 시작했다. 메카도 웃었다.

"기다려봅시다." 남자가 다시 말했다. "기다려보자고……"

그가 자기 술잔을 비우고 혀로 입술을 핥았다.

"나도 그래요." 이번에는 메카가 몸을 숙여 옆자리 남자에게 말했다. "나도 이런 꼴들을 숱하게 봤어요! 통역사는 분명히 여기 와서 우리가 술을 마실 거라고 그랬는데…… 이 작은 술잔들을 나눠준 걸 보면, 미사라도 드리려는 건가?"

두 사람은 다시 웃기 시작했다.

새 술병을 들고 시동이 메카가 있는 줄 앞으로 다시 지나갔다. 시동이 술잔을 채우려 하자 메카가 자기 술잔을 등 뒤로 숨겼다.

"다른 술 없으면, 난 그냥 집에 갈래요." 메카가 시동에게 말했다. "배가 너무 더부룩해요."

그가 트림을 했다. 시동이 어깨를 으쓱해 보이면서 다음 사람에게 다가갔다. 메카가 술잔을 자기 머리 위에 균형 잡히게 얹었다. 시동이 놀라서 그에게 다시 돌아왔다.

"그렇게 하지 마요." 그가 메카에게 작은 소리로 말했다. "아니, 백인들이 뭐라고 하겠어요? 내가 당신한테 아무것도 주지 않았다고 백인들한테 광고하는 거요?"

"이봐요, 시동 양반." 메카가 대꾸했다. "이따금 당신이 술병을 들고 나타나는 저 문 뒤에 있는 술 말인데, 그게 당신 술은 아니죠. 백인들 술이지, 안 그렇소?"

"예에에에에." 메카 가까이에 있던 모든 사람들이 속삭였다.

"위스키를 가져와요!" 메카가 계속 말했다. "그런다고 사령관이 당신을 잡아먹지는 않을 테니……"

"난 책임자가 아니오." 시동이 주위를 둘러보며 말했다. "난 책임자가 아니에요……"

그가 되돌아서서, 반쯤 비워진 샴페인병을 들고 홀을 가로질러 갔다. 잠시 뒤에 다시 나타났을 때, 메카는 그가 들고 있는 술 두병을 멀리서도 알아보았다. 원주민들 중에서 여전히 가득 찬 술잔을 들고 있던 사람들이 자기 잔의 술을 의자 밑에 쏟아버렸다.

시동이 새 병을 따더니, 메카가 함박웃음을 지으며 내민 술잔에 가득 따랐다. 술잔이 채워지자 메카는 고개를 뒤로 젖히면서 잽싸게 자기 입안으로 술을 털어넣었다. 그가 빈 술잔을 또 내밀었고, 시동이 즉시 술잔을 다시 채웠다.

"이제는 다른 술들도 꺼내와요." 메카가 얼굴을 찡그리며 말했다.

메카는 술잔을 시동에게 내밀고 있는 옆자리 남자를 향해 돌아섰다. 메카가 그 사람을 팔꿈치로 찔렀다. 남자가 눈살을 찌푸리더니, 입술을 오므리면서 잔의 내용물을 들이마시기 시작했다.

"내가 되살아난 느낌이야." 메카가 트림을 섞어가며 그에게 말했다.

"나도 그래요." 옆자리 남자가 말했다.

"우리가 백인들 술을 마셔버릴 것 같네요."

"그럴 것 같은 느낌이 드네요……"

그들은 다시 웃음을 터뜨렸다.

푸꼬니 씨는 원주민 유지들에게 샴페인부터 시작해서 천천히 술을 내놓으라고 써빙을 하는 시동들에게 지시를 했었다. 특히 위스키는 발포성 포도주나 적포도주가 다 떨어지고 난 뒤에 내놓으라고 여러차례 반복해서 말한 바 있었다. 시동들이 흑인들에게 위스키를 따라주자 그의 얼굴이 어찌나 시뻘게졌는지, 마치 머리통에 불이라도 붙은 것 같았다. 그는 고등판무관의 말에 최대한 귀를 기울이려고 애를 썼지만, 이따금 시선으로는 더이상 연단으로 술시중을 하러 가지 못하는 시동들을 뒤좇았다. 백인들에게는 술이 한순배만 돈 상태였다. 이제 모든 술은 원주민들의 술잔에 따라졌고, 원주민들의 태도는 아주 분방해졌다. 원주민들 무리에서 되돌아올 때, 시동들은 홀을 가로지르면서 연단 쪽을 감히 쳐다보지도 못했다. 그렇지만 그들은 자신의 뒤통수에 꽂히는 푸꼬니 씨의 시선을 느꼈다.

'어쨌든 엎질러진 물이야.' 그들은 생각했다. '끝까지 가보는 수밖에……'

메카는 천국에 온 기분이었다. 몸 안에서 무수히 많은 작은 불꽃들이 타오르면서 그에게 무한한 행복을 가져다주었다. 그는 둥둥 구름 위를 떠다녔고, 발밑에 있는 땅은 희고 순결했다. 켈라라가 신발을 가득 실은 자동차를 몰고 있었는데, 신발마다 등에는 메카의 새끼발가락 자리쯤에 금으로 장식한 작은 창이 뚫려 있었다. 메카는 엥감바가 가져다준 염소를 먹으러 오라고 고등판무관을 초대했고, 두사람은 함께 음식 접시에 손을 담갔다. 지붕의 야자수 잎 구멍으로 위스키가 흘러내려와 그의 몸의 모든 구멍을 통해 스며들었다. 그는 기분이 좋았다. 커다란 검정개로 변한 방데르메이에르 신부가 얌전하게 문 옆에서 메카가 던져줄 뼈다귀를 기다리고 있었다. 메카의 팔이 길게 늘어나더니 강한 주먹 한방으로 개를 쫓아버렸다.

메카는 누군가가 자기 손을 잡는 것을 느꼈다. 처음에는 몸부림을 치려고 했지만, 진정하고 눈을 떴다.

"당신 때문에 겁이 났어요." 연설을 끝내고 있는 고등판무관을 가리키면서 옆자리 남자가 소곤소곤 말했다.

메카는 어리벙벙해져서 누구보다도 먼저 박수를 치기 시작했다. 그가 자리에서 일어나려고 했다. 누군가가 그의 저고리 자락을 붙잡았다.

"통역사가 백인들 최고 우두머리의 말을 우리한테 다 통역해줄 때까지 기다려요!"

메카는 머리를 옆자리 남자의 머리에 기댔다. 남자가 손으로 그의 등을 받쳐주었다. 연단 발치에서 통역사가 양손을 비비면서 고등판무관이 한 말을 둠의 가장 대표적인 방언인 음베마어로 통역했다.

"최고 책임자께서 이 자리에 여러분들과 함께 있어서 아주 기쁘다고, 여러분들이 친절하게 맞아주어서 고맙다고 하십니다. 그리고 자기 고장의 다른 백인들에 맞서서 여러분들이 함께 싸워준 전쟁에 대해서 말씀하셨습니다…… 끝으로 우리는 서로 친구 이상이고, 형제 비슷한 사이라고 말씀하셨습니다……"

모든 사람들이 박수를 쳤고, 통역사는 제자리로 돌아갔다.

마치 용수철에 튕긴 것처럼, 메카가 의자에서 벌떡 일어나더니 갈지자걸음으로 앞으로 나갔다. 그가 만류하려는 옆 사람의 손길을 뿌리쳤다. 흑인들 무리 속에서 웅성거리는 소리가 났다. 푸꼬니 씨가 불안한 마음을 억누르면서 부관에게 뭔가 말을 했고, 부관은 깜짝 놀라서 연단 발치께로 다가오는 메카를 쳐다보았다. 고등판무관은 재미있다는 듯이 고갯짓으로 부관을 독려하면서 푸꼬니 씨를 향해 몸을 숙였다. 방데르메이에르 신부가 두사람에게 뭔가 말을 한 다음, 메카 옆으로 갔다. 메카의 양 손등이 완벽한 타이밍으로 신부를 밀쳐냈다. 홀 한가운데에서 신부의 얼굴이 홍당무가 되었다. 메카가 아주 크게 웃음을 터뜨렸다. 흑인들이 모두 따라 웃었다. 푸꼬니 씨가 연단의 탁자 너머로 몸을 숙여, 자리로 돌아가는 사제에게 뭔가 말을 했다.

푸꼬니 씨가 얼굴의 땀을 닦고, 고등판무관에게 몸을 숙여 경의를 표한 다음, 통역사를 불렀다.

"백인들 최고 우두머리에게 몇 마디…… 몇 마디 하고 싶어요." 메카가 음베마어로 말했다.

통역사가 통역했다. 고등판무관이 미소를 지으면서 통역사에게 뭐라고 말했다.

"최고 우두머리께서 기쁜 마음으로 당신 이야기를 듣겠다고 하십니다." 통역사가 통역했다.

메카가 바지를 걷어올리더니, 혀로 입술을 축였다. 고등판무관과 통역사를 번갈아 바라보면서 메카는 길게 이야기를 했다.

그가 말을 끝내자 통역사가 통역을 했다.

"메카는 술을 몇잔 마시고 이런 발언을 하는 것이 유감이지만, 다음과 같은 격언도 있다고 합니다. '친구가 당신을 어떻게 생각하는지 알고 싶다면, 그 친구와 몇잔 마셔봐라……'"

백인들이 모두 웅성거렸다. 푸꼬니 씨는 얼굴의 땀을 닦았다. 고등판무관의 아래턱은 부풀어올랐다가 가라앉기를 반복했다. 통역사가 다시 입을 열었다.

"메카는 훈장을 받은 기념으로 처남이 가져다준 염소를 먹으러 당신이 오실 수 있는지 묻고 있습니다. 백인들이 여기 온 뒤로 백인이 원주민을 초대하거나 원주민이 백인을 초대하는 일을 본 적이 없어서 그런답니다. 최고 책임자께서 말씀하셨듯이 이제는 친구거나 친구 이상의 사이니까, 누군가 시작해야 하지 않겠느냐는 겁니다.”

고등판무관과 그의 부관이 제일 먼저 박수를 쳤다. 다른 백인들도 두사람을 따라했다. 고등판무관이 자기 코끝을 엄지와 검지로 잡아당겼다. 그가 자리에서 일어났다. 푸꼬니 씨가 그의 의자를 뒤로 뺐다. 홀이 완전히 조용해졌다. 통역사는 홀 가운데에서 부동자세로 고등판무관의 말에 주의를 집중했다.

그럭저럭 제자리로 돌아간 메카에게 연단 위에서 일렁거리는 고등판무관의 모습이 보였다. 그의 온몸이 아래턱의 무게에 짓눌리는 것처럼 보였다. 한 마디 한 마디가 마지막 단어인 양, 그는 천천히, 침착하게 말했다. 그의 말이 끝나자 백인들이 박수를 쳤고, 흑인들도 따라했다. 다시 조용해지자, 통역사가 메카를 바라보면서 고등판무관의 말을 음베마어로 통역했다.

“백인들의 최고 책임자는 당신의 초대를 받고 너무나 기쁩니다. 출발해야 하기 때문에, 그는 염소를 먹는 상상만 하고 당신의 집에 가서 함께 먹지 못하는 것이 몹시 안타깝습니다. 그 대신, 고등판무관께서 다음 기회에 당신을 식사에 초대하겠다고 하십니다. 그리고 이 약속이 새로운 씨즌…… 비슷한 것의 시작입니다……”

흑인들이 박수를 치자 백인들도 따라했다. 원주민들은 가볍게 고개를 끄덕이며 그의 연설을 호의적으로 받아들였다. 모든 사람들의 시선이 메카에게 쏠렸고, 모두가 그에게 환한 미소를 지어 보였다. 동족들 중에서 아주 열성적인 사람들은 이상야릇한 걸음걸이로 홀을 가로질러와 그와 악수를 했다.

"당신, 인물이오!" 사람들이 말했다. "우리 생각을 당신이 말했
어요. 그 아버지에 그 아들이랄까. 우리 둠 사람들은 모두 당신을
믿어요."

메카는 옆 사람의 어깨에 머리를 기댄 채 그 모든 칭찬의 말들
을 들었다. 마치 몇년 동안 잠을 못 잔 느낌이었고, 밀린 잠들이 한
꺼번에 눈가로 밀려오는 듯했다. 그는 켈라라의 화덕 옆에 있는 자
신의 침상을 떠올렸다. 습관처럼 반듯이 등을 대고 누워서 왼쪽 팔
뚝을 이마에 얹고 있는 자신의 모습을 상상했다. 그러다가 하강, 바
닥을 알 수 없는 심연 속으로의 하강이 시작되었고, 혀에는 달콤한
꿀맛이 느껴졌다…… 그러고는 더이상 아무것도 없었다. 메카가
코를 골았다.

아프리카의 집의 분위기가 너무 흥분되어 있다고 생각한 푸꼬
니 씨가 고등판무관을 향해 머리를 숙였다. 고등판무관이 먼저 자
리에서 일어났다. 연단의 모든 백인들이 따라했다. 푸꼬니 씨가 통
역사를 불러 뭔가 길게 이야기했다. 연단 뒤쪽의 문이 열리고 백인
들이 그 문을 통해 나갔다. 그렇게 해서 그들은 홀의 흑인들 사이
로 지나가지 않아도 되었다.

통역사가 조용히 해달라고 손뼉을 쳤다. 어렵사리 조용해지자
그는 두 손을 마주 잡은 자세로 동족들에게 말했다.

"사령관께서 최고 책임자가 피곤하다는 말을 여러분에게 전하
라고 내게 지시했어요……"

"그 사람 과식해서 그래!" 누군가가 농담을 했다.

요란한 웃음소리가 자기 목소리를 덮어버리자 통역사가 화를

냈다.

"당신들은 왜 사람들이 그 모양이오!" 그가 호통을 쳤다. "정말 모르겠네!"

그 말에 사람들이 다시 조용해졌다. 통역사가 내친김에 더욱 몰아세웠다.

"대체 당신들은 어떤 사람들이오! 여러분의 조상들이 바다 건너에서 온 사람들 앞에서 여러분들이 지금 어떻게 하고 있는지 본다면, 무슨 생각을 하겠소? 나는 여러분들이 부끄러워요……"

그의 마지막 말은 사람들의 웅성거림 속에 파묻혀버렸다. 유지들이 두 편으로 갈렸다. 통역사의 말을 계속 들어보자는 사람들이 있었고, 통역사에게 그만 집어치우라고 소리치는 사람들이 있었다. 사람들이 그 불쌍한 관리를 비난했다. 피그미 손자 주제에 자기를 뭘로 아는 거야? 언제부터 노예들이 왕자들한테 입 다물라고 명령했어? 백인들 때문에 이 나라 전통이 뒤죽박죽 됐다니까! 쥐뿔도 아닌 작자가 감히 왕들한테 입 다물라고 강요하고 있잖아……!

통역사는 홀 한가운데서 땀을 뻘뻘 흘리며 그런 말들을 감수해야 했다. 그가 용서를 빌면서 조용히 해달라는 듯한 몸짓을 했지만, 오히려 유지들을 자극하는 결과만 낳았다. 누군가가 농담으로 그를 목매달자는 제안을 했다. 통역사가 서둘러 꽁무니를 뺐다. 그는 사람들의 요란한 웃음소리와 함께 연단 뒤쪽의 문으로 달아났다.

키 크고 건장한 남자 하나가 통역사의 자리를 차지했다.

"나리들!" 그가 술잔을 비우며 말했다. "나리들!"

그런 호칭이 술꾼들 각자의 자존심을 어루만져주었는지, 사람들이 다시 조용해졌다.

"나리들! 지금 여러분께 말씀드리고 있는 저는 에깐 부족의 영주, 위대한 아꼬마의 아들입니다."

모든 사람들이 박수갈채를 보냈다.

"이제는 우리가 입을 다물 수 있지." 유지들이 서로에게 말했다. "이제는 우리 귀가 노예의 말, 개 같은 노예 녀석의 말 때문에 시달리지 않아도 될 테니까……"

"나리들!" 건장한 남자가 다시 말하기 시작했다. "조금 전의 그 노예의 말은 잊어버리시기 바랍니다!"

"예에에에에에에에에에!" 사람들이 소리쳤다. "잊었어요!"

"당연히 그러셔야지요!" 건장한 남자가 다시 말했다.

"예에에에에!" 사람들이 고래고래 소리쳤다.

다시 쥐 죽은 듯 조용해졌다.

"노예 주제에 우리더러 어떤 사람들이냐고 묻다니, 이해가 안 되네요!" 건장한 남자가 웃으면서 말했다. 움직이는 구체의 한 극점에 서 있는 사람처럼, 그는 두 발로 서 있는 것이 힘들어 보였다. "우리는 영주들입니다!" 그가 외쳤다.

"예에에에에!" 영주들이 열렬하게 화답했다.

"이 모임에서," 연설자가 계속 말했다. "나는 사람의 귀에 들어올 만한 말은 하나밖에 듣지 못했습니다. 바로 메카 나리의 말입니다……"

"예에에에에에!" 재빠른 고갯짓을 곁들인 시끄러운 고함으로 사람들이 동의를 표시했다.

"노예 주제에 어떻게 우리한테 어떤 사람들이냐는 질문을 할 수 있습니까? 백인들 앞이기 때문에 우리도 자기처럼 우리 자신이기를 그만둬야 한다는 말입니까?"

청중이 박수갈채를 보냈다.

"나는 이해할 수 없습니다." 그가 연설을 계속했다. "최고 우두머리와 마찬가지로, 백인들은 모두 우리가 친구 이상이라고 말합니다…… 그렇지만 여러분들 중 누가 백인과 함께 같은 음식 접시에 손을 담가보았습니까?"

"아무도 없지, 아무도, 아무우우우우우도!" 청중이 소리쳤다.

"그들은 모두 최고 우두머리처럼 말합니다…… 그리고 백인이, 특히 최고 우두머리처럼 높은 자리에 있는 사람이 뭔가를 약속할 때는……"

"그 생각은 더이상 안하는 게 낫지, 안하는 게 나아!" 청중이 합창하듯 말했다. "그런 약속들 한두번 들었나……"

"내가 메카의 말에 부연설명을 해보았습니다." 말을 끝낸 연설자가 자기 자리로 돌아갔다.

"당신 말이 허튼소리가 아니오." 사람들이 화답했다. "메카는 지혜의 화신이야."

"그 사람 어디 있지?" 누군가가 물었다.

"이 사람을 쉬게 해줘요." 메카를 아이처럼 감싸고 있던 옆자리 남자가 말했다.

메카는 남자의 어깨에 머리를 기대고, 긴 두 팔을 칡덩굴처럼 장의자 양쪽 바닥까지 늘어뜨린 채, 입을 헤벌리고 잠들어 있었다. 남자가 성유골이라도 만지는 것처럼 조심스럽게 손으로 메카의 머리를 쓰다듬었다.

메카가 토끼처럼 코를 쫑긋거리더니, 남자의 어깨 안쪽에 좀더 깊이 머리를 박았다. 남자는 마치 계시를 받은 사람처럼 두 눈을 감았다.

연설자들이 잇달아 연단 밑으로 나갔다. 흡족해하는 사람은 아무도 없었다. 백인들이 부풀려 말한 것이다. 백인들은 어떤 점에서 자기들이 원주민들에게 형제 이상이라는 것인가? 고등판무관과 둠의 프랑스인 백인들은 연단 위에 그리스인들과 함께 앉아 있었고, 그리스인들은 흑인들이 부자가 되지 못하게 방해하는 자들이었다. 원주민은 아무도 그들과 함께 연단에 오르지 못했다. 고등판무관은 어떤 원주민하고도 무람없는 대화를 나누지 않았다. 모든 것이 공식적이었다. 고등판무관과 대화할 때는 법정에서처럼 말해야 하는데, 어떻게 우정을 거론할 수 있겠는가? 그 백인들은 정말 웃기는 사람들이었다. 심지어 거짓말할 줄도 모르면서 원주민들이 믿어주기를 바랐다. 물론 백인들이 도로, 병원, 도시를 건설한 것은 맞다…… 그렇지만 원주민들 중에는 자동차를 가진 사람이 아무도 없었다. 게다가 병원에서는 사람들이 다반사로 죽어서 나왔다. 또한 주택은 백인들 자신들을 위한 것이었다. 우정의 토대가 축배주밖에 없는가? 그리고 축배주를 마시면서도 백인들은 자기들끼리만 잔을 부딪쳤다…… 그러니 그 우정은 도대체 어디 있단 말인가?

요란한 브레이크 소리를 내면서 자동차 한대가 안마당에 멈추어섰다. 바닥으로 뛰어내리는 장화들에서 나는 소리가 마치 돌멩이들이 자갈밭 위에 쏟아지는 소리 같았다.

"새 모가지하고 그 부하들이야!" 누군가가 소리쳤다.

공포가 홀 전체를 사로잡았다. 병들이 넘어지고 잔들이 깨졌다. 사람들은 챙모자나 군대모자를 옆자리 사람의 것과 혼동하여 서로 승강이를 벌였다. 위병들이 홀로 들어왔고, 새 모가지는 문틀에 버티고 섰다. 새 모가지가 하사관에게 뭐라고 하자, 뒤이어 하사관이 유지들에게 말했다.

"새 모가지……" 그가 생각을 바꾸었다. "경찰서장님이 축하연이 끝났다고 하십니다. 여러분들 모두 충분히 마셨잖아요. 서장님은 지체할 시간이 없습니다, 모두들 즉시 자리를 뜨라고 하십니다. 안 그러면……"

원주민들이 서로를 바라보았다. 그들이 서로의 눈에서 읽어낸 것은 놀라움조차도 아니었다. 이제 더이상 그런 단계에 있지 않다. 그들은 오년 전부터 새 모가지를 알고 있었다. 그런데 사령관이 자신들에게 술을 제공한 이 7월 14일에 새 모가지가 도대체 뭘 어쩌자는 것인지 그들은 궁금했다. 그들은 옆구리에 모자를 끼고 아프리카의 집에서 나왔다. 방금 전에 우정에 관한 연설을 들었던 그 양철 가건물을 한번 돌아보지도 않았다.

별 어려움 없이 홀에서 사람들을 모두 내보낸 바리니 씨―새 모가지―는 의자들을 살펴볼 필요까지는 없다고 생각했고, 문을 잠근 뒤에 부하들과 함께 그곳을 떠났다. 경찰서장이 떠난 뒤에 원주민 유지들은 발언권을 되찾았다. 그들은 옹기종기 도로에 모여 앉아 오랫동안 토론을 한 뒤에, 이윽고 원주민 구역으로 이어지는 무수한 샛길들을 따라 흩어졌다.

메카를 생각한 사람은 아무도 없었다. 사람들이 새 모가지가 왔다고 알렸을 때, 메카의 옆자리 남자는 너무 당황해서 메카를 홀 한가운데로 떠밀어버렸다. 그렇지만 많은 사람들이 몰려드는 바람에, 메카는 보따리처럼 떠밀려 자기 의자로 되돌아가고 말았다. 그는 불평 한마디 없이 반사적으로 의자 위에 다시 누웠고, 더이상 엉덩이 장애물들이 없었기 때문에 두 발을 쭉 폈다. 건기 끝 무렵의 뜨거운 열기에 옥수수 알갱이처럼 탁탁 소리를 내는 양철 가건물 안에서 그는 땀에 흠뻑 젖어 잠을 잤다. 그는 한쪽 팔을 바닥까지 늘어뜨린 채, 왼쪽 옆구리를 모로 세운 자세로 누워 있었다. 메달은 겨드랑이 안쪽으로 미끄러졌고, 잠자면서 하는 무의식적인 동작들 때문에 조금씩 벗겨졌다. 그는 젊은 표범처럼 코를 골았고, 동시에 이도 갈았다. 그는 마을 사람들이 소위 죽음의 잠이라고 부르는 그런 잠에 빠져 있었다.

축배주를 마시고 나서 유럽인들은 모두 피피냐키스 씨 집의 유럽인 클럽으로 갔다. 피피냐키스 씨는 그날 받은 레지옹도뇌르 훈장을 처음으로 달고 나왔다. 소심한 총각이었던 푸꼬니 씨는 고등판무관의 환영 연회를 피피냐키스 씨의 집에서 열기로 계획을 세웠다.

유럽인 클럽은 아무런 특징도 없는, 식민지에서나 볼 수 있는 평범한 건물이었다. 건물은 중앙상가, 시장, 학교, 병원 사이의 원형 교차로에 떡하니 버티고 있었다. 쩨쩨해서 검소한 피피냐키스 씨는 유럽인 클럽을 황토색으로 칠했는데, 황토색은 둠에서 결코 사라지는 법이 없는 먼지의 색깔이었다. 건물에 접근하려면 흐르는 빗물만이 이따금 청소를 하는 지저분한 도랑을 뛰어건너야 했다. 고등판무관이 도착하기 전날, 새 모가지가 죄수들을 동원한 건물 개보수 작업을 직접 감독했다. 여기저기에 종려나무들이 배치되었다. 대형 종이 삼색기로 가려진 대나무 천장에는 야생화로 만든 꽃 장식들을 매달았다. 시동들에게는 흰색 옷을 갖춰입혔고, 그 도시에서 유일하게 '차를 마시는 여자'인 몽로띠 부인이 시동들의 예절 교육을 하는 데 한나절을 썼다.

고등판무관은 오후에 있었던 원주민 축하연처럼 특이한 분위기를 예상하고 있다가, 그 구석진 오지의 유럽인 클럽에서 뜻밖에도 유럽적인 분위기를 되찾을 수 있었다.

3부

1

집에서는 아주 드물게 그런 일이 있었지만, 메카는 천천히 조금씩 잠에서 깨어날 여유가 없었다. 문득 정신을 차려보니 의자 밑에 내던져져 있었다. 어둠에 잠긴 아프리카의 집은 건기 끝 무렵에 부는 첫번째 돌풍의 내습을 받고 있었다.

천둥과 회오리바람 속에서 모든 것들이 신음소리를 내며 삐거덕거렸다. 수만개 분량의 양동이 물이 낡은 양철 지붕 위에 쏟아져서 그 충격 때문에 지붕이 납작해지는 것 같았다. 널빤지, 들보, 서까래 할 것 없이 머리 위의 모든 것이 흔들거려서 메카는 세상이 끝장나는 게 아닌가 하는 생각이 들었다. 번개가 어둠을 찢더니 뒤이어진 천둥의 꽝음에 엉덩이 밑의 땅이 흔들렸다. 그는 배 속이 온통 뒤집히는 것 같았고, 자기도 모르는 사이에 등을 바닥에 대고 누워서 무엇이라도 움켜잡기 위해 헛되이 어둠속에서 양팔을 버둥거렸다. 일어나려고 했지만 또다시 천둥이 치는 바람에 바닥에 납작 엎드렸다. 그는 토끼처럼 굴러서 의자 위로 다시 갔다. 맹렬한 일제사격처럼, 천둥과 번개가 정신없이 빠른 속도로 이어지면서 서로 뒤섞였다. 메카는 성호를 그었고, 본능적으로 의자를 양손으로 잡아 머리 위로 들어올렸다. 그러고는 의자를 자기 앞으로 기울였다. 깨진 병 소리와 쇳소리가 났지만, 이내 방금 전 것보다 더 우렁찬 또다른 천둥소리에 삼켜져버렸다. 메카는 다시 성호를 그었다.

그는 정신 나간 사람처럼 일어나서 앞으로 걸어갔다. 번개 불빛이 연단 위에서 펄럭이는 커다란 삼색기를 비춰주었다. 사방에서 빗물이 들이쳤다. 메카는 발목에 닿는 물이 느껴졌다. 바지를 걷어올리려고 했지만, 오른발로 서려다가 균형을 잃는 바람에 자기 발자국에 생겨난 물웅덩이에 털썩 주저앉고 말았다. 다시 일어섰을 때, 그는 양철 지붕이 거의 머리에 닿는다는 것을 깨달았다. 날카로운 비명소리와 함께 그는 자기 앞의 어둠을 향해 돌진했다.

이 출구 없는 커다란 함정 속에서 혼자 쥐새끼처럼 죽어야 한단 말인가? 그의 두 손이 양철의 구불구불한 굴곡들을 하나하나 더듬기 시작했다. 마침내 손가락에 문의 경첩이 와닿았다. 더듬더듬 문짝을 가늠한 다음에, 그는 문짝을 잡아당겼다. 가건물 전체가 흔들렸다. 메카는 한 손을 펴서 머리 위에 얹었다. 손가락 위에 지붕이 느껴지자 그는 온몸을 떨었다. 온몸의 피가 다 빠져나가는 듯했다. 그는 성 크리스또프 메달이 아직 있는지 보려고 자기 목을 더듬었다. 그는 안도했다. 말린 대구 자루의 끈에 매달린 채, 메달이 제자리에 얌전히 있었기 때문이다. 메카는 자기가 돌풍이 몰아치는 아프리카의 집에 갇혀 있고 그 가건물이 이내 무너져 자신을 덮치려 한다는 것을 곧 깨달았다. 그러나 그는 더이상 당황하거나 두려워하지 않았다. 힘있는 성 크리스또프가 그와 함께 있었기 때문이다.

메카는 있는 힘을 다해 다시 한번 문짝을 잡아당겼다. 납작해진 지붕에 고여 있던 빗물이 식탁보처럼 마당으로 떨어지는 소리가 들렸고, 그가 기대고 있던 벽이 위험하게 기울었다. 메카는 연단 쪽으로 뛰어갔다. 기대고 있던 벽면이 무너지자 거친 물줄기가 쏟아져들어왔다. 지붕 골조는 기적적으로 버텨내고 있었다. 기울기 시작하던 안쪽 벽도 물줄기에 무너졌다. 그는 난장판 속에서 미친 듯이 울부짖었다. 반쯤 물에 잠긴 레몬 묘판을 보고서야 자기가 도랑속에 와 있다는 것을 알았다.

마당에서는 아무것도 보이지 않았다. 메카는 일어섰다. 물이 바지 속을 가득 채우면서 발 위로 흘렀다. 그는 맨발인 것이 좋았다. 천둥의 굉음은 잦아들었고, 번개도 점점 더 희미해졌다. 메카는 조심스럽게 앞으로 나아갔다. 발을 완전히 내딛기 전에 발이 놓일 자리의 깊이를 가늠했다. 그런 다음에 뒤에 있던 발을 당겨왔다. 때로는 넘어지지 않는 좀더 확실한 방법으로, 말 그대로 네발로 기었다. 손에 굵은 자갈이 느껴지자, 안도의 한숨을 내쉬면서 다시 일어섰다. 그는 도로에 나와 있었다.

전대미문의 강력한 돌풍이 둠을 휩쓸었다. 오랫동안 비 구경을 못한 자연은 엉망이 되고, 무너지고, 넘치고, 잠겼다. 번개 맞은 나무들이 여기저기 어둠속에서 경축 횃불처럼 불타올랐다.

번개 불빛이 반사되는 수면이 끝없이 펼쳐져 있었다. 메카는 그 거대한 바다 위에서 나침반도 등불도 없이 혼자였다. 비는 여전히 내렸다. 빗물은 눈썹이 없어진 그의 이마에서 두 눈으로 줄줄 흘러내렸다. 메카는 손으로 눈꺼풀을 누르면서 입술을 둥글게 내밀어, 입안으로 들어오는 물을 불듯이 뱉어냈다. 머리는 북소리가 나는 것처럼 쿵쾅거렸다. 머리에 느껴지는 고통을 가라앉히려고 이따금 주먹으로 목덜미를 쳤다. 그는 아프리카의 집 쪽을 바라보았다. 번개 불빛에 드러난 양철 더미가 보였다. 방금 전에 겪은 공포가 다시 생각나서 아랫배가 아파왔다. 정말이지 그는 거의 죽다가 살아났다. 그는 성호를 그은 다음 엄지손가락을 빨았고, 기도는 나중으로 미루었다. 그는 고개를 설레설레 흔들면서 도로까지 잠겨버린 이 물의 사막에서 어떻게 하면 방향을 잡을 수 있을지 고민했다. 그는 켈라라, 엥감바, 염소를 같이 먹기 위해 자기를 기다리고 있을 모든 사람들이 생각났다. 이 돌풍에도 그의 집은 무사할까? 그는 곧장 앞으로 가기로 마음먹었다. 모든 것이 잠잠해져갔다. 그러나 잔뜩 구름이 낀 하늘은 여전히 위협적이었다. 거북이보다도 더 느리게 걸어가면서, 메카는 비가 또 올까봐 두려웠다. 건기 끝 무렵의 돌풍은 항상 두번에 걸쳐 불었다. 비와 번개를 몰아오는 첫번째 단계 다음에 비만 오는 두번째 단계가 이어졌다.

메카는 걸음을 좀더 빨리했다. 두 발은 첨벙첨벙 물속에서 나왔다가 다시 들어갈 때마다 엄청난 하중에 시달리는 것 같았다. 메카는 발을 최대한 높이 들어올렸다. 앞으로 나아가지는 못하고 고생만 하고 있다는 생각이 들었다.

'그나마 수영만 할 수 있어도!' 그는 생각했다.

그러나 물은 발목까지밖에 오지 않았다. 그는 체념하고 독일 병정의 걸음걸이로 계속 걸었다.

'인간은 고독한 존재야.' 그는 생각했다. 둠에서 가장 큰 집안 중 하나의 일원인 메카가 어쩌다가 이 대책 없는 천재지변 속에 달랑 혼자 있게 되었을까? 그는 그날의 사건들을 다시 기억에 떠올려보았다. 기억 속의 모든 것이 뿌옇게 흐려져 있었다. 무의식적으로 손을 가슴으로 가져갔다가 메카는 깜짝 놀라 걸음을 멈추었다. 백인들의 우두머리가 준 훈장이 사라지고 없었다. 그는 발치께에 흐르는 물을 살펴보았다. 그의 생각이 아프리카의 집에서의 기억을 떠올렸다. 훈장을 잃어버린 것일까, 아니면 도둑맞은 것일까? 그는 두번째 가정이 맞기를 바랐다. 이런 돌풍이 분 뒤에 잃어버린 뭔가를 찾는다는 건 난망한 일이었다. 그는 성호를 다시 그었고, 주기도문과 성모기도를 읊조린 다음에 엄지손가락을 빨았다.

그는 다시 사라져버린 훈장을 생각했다. 하느님 맙소사, 대체 어디서 잃어버렸단 말인가! 그는 방데르메이에르 신부의 차에 탔던 기억을 떠올렸다.

"그 악당 같은 자식!" 그가 큰 소리로 말했다. '아, 하느님, 제 신성모독을 용서해주세요.' 그는 마음속으로 빌었다. '저는 지금 제정신이 아닙니다. 제 훈장을 잃어버렸어요. 제 모든 걸 잃었어요…… 모든 걸…… 전 혼잡니다, 이 세상에 혼자예요……'

그는 계속해서 혼자 빗속을 걸었다. 번개가 치면 물에서 기적적으로 되살아난 시체처럼 그의 모습이 불쑥 드러났다. 미쳐 날뛰는 자연 앞에 서 있는, 묵시록의 유령 같았다.

마침내 메카의 눈에 원주민 구역의 집들이 보이기 시작했다. 드문드문 번개가 솟아오르는 오렌지빛 하늘의 한 귀퉁이 아래, 지붕들의 윤곽이 검게 드러났다. 메카는 온몸에 훅 하는 열기가 끼쳐오는 느낌이 들었다. 발끝에서부터 머리까지 그를 흔들던 무도병舞蹈病 증상이 사라졌다. 그는 마미 띠띠의 가게에 가서 옷을 말리기로 마음먹었다.

원주민 구역은 도로 바로 옆에 붙어 있지 않았다. 그곳으로 가려면 우선 비탈길을 내려가야 했고, 뒤이어 옛 늪지의 흔적으로 남아 있는 맹그로브²³ 숲을 가로질러 구불구불 이어지는 길을 따라가야 했다.

메카는 이제 더이상 다른 생각은 하지 않았다. 온통 마미 띠띠 생각뿐이었다. 그는 맹그로브 숲을 기준점으로 삼을 요량으로 번개가 치기를 기다렸다.

"썩을 놈의 번개는 왜 안 치는 거야?" 그가 큰 목소리로 투덜거렸다.

바로 뒤이어 빛다발 하나가 그를 둘러쌌다. 그는 팔꿈치로 두 눈을 가렸다.

"누가 이런 장난을 치는 거야?" 그는 당황했다.

그러고는 애원하는 투로 말했다.

"아, 전짓불 든 양반, 당신을 보낸 건 하느님이오! 제발 원주민 구역으로 가는 길을 찾을 수 있게 나 좀 도와주시오⋯⋯"

빛다발이 앞으로 나아왔다. 메카의 귀에 장화에 밟혀 철벅거리는 물소리가 들렸다. 그는 눈이 부신 빛다발로부터 시선을 돌리려고 애썼다.

"불빛이 내 눈을 향하게 하지 마시오, 낯선 구세주 양반! 내가 길을 찾고 있는 주님의 땅을 밝혀주시오⋯⋯ 아, 낯선 양반! 그저 길만 비춰줘요⋯⋯"

"아가리 닥쳐! 도대체 뭐야, 이거⋯⋯!" 음산한 목소리가 말했다.

이내 불이 꺼지면서 태초의 칠흑 같은 어둠이 메카를 집어삼켰다. 미처 제정신을 차리기도 전에 무쇠 같은 손 하나가 허리띠를 움켜잡는 바람에 메카는 숨이 턱 막혔다. 땅에서 들려올라가는 느낌이 들었다. 독수리 발톱에 물려서 공중으로 올라가고 있기라도

---

23 아열대나 열대 해변 또는 하구 습지에서 자라는 관목이나 교목.

했던 것일까? 그가 그토록 기다리던 번개 불빛에, 두건 달린 외투를 입어서 거의 원통처럼 보이는 두개의 검은 형체가 드러났다. 그의 두 발이 바닥에 닿으려고 헛되이 버둥거렸다. 목구멍에서 터져나온 비명소리는 그의 몸이 철버덕 물속으로 꼬꾸라지는 소리에 이내 묻혀버렸다. 그 세례 의식에 그는 완전히 의식을 잃었다.

간신히 정신을 차리자 빛줄기가 그를 향해 쏟아졌다. 험상궂은 얼굴의 위병들이 그를 내려다보며 소리쳤다.

"일어나! 이 병든 돼지새끼! 신분증 있나? 어이! 신분증은 있냐고! 어디서 나온 거야? 여기서 뭐 하고 있나……! 여기…… 백인 구역에서 말이야! 오밤중에! 폭우가 오는데! 공범들은 어디 있어, 응? 패거리들 말이야……!"

바닥에 쓰러지면서 너무 놀랐고 축배주가 덜 깬 상태에서 비까지 계속 쏟아지는 바람에 정신까지 희미했지만, 마침내 메카는 자기한테 무슨 일이 벌어지고 있는지 깨달았다. 그는 비틀거리면서 꼭두각시처럼 일어섰고, 정신없이 주머니 속을 더듬기 시작했다. 그의 오른손 엄지손가락이 저고리의 왼쪽 주머니를 움켜쥐었다. 그는 주머니를 좀더 잘 뒤지려고 저고리 단추를 끄르기 시작했고, 저고리를 반쯤 벗은 다음에는 바지 허리띠를 풀었다. 쇠뭉치가 그의 목덜미를 후려치자 부활절의 종소리가 요란하게 머릿속에 울려퍼졌다.

"환장하겠네, 이 영감탱이! 나더러 비역질이라도 하라는 거야!" 위병이 욕설을 퍼부었다. "다 늙은 그 엉덩이 좀 치워! 신분증이나 내놓고!" 재수없다는 듯이 위병이 가래침을 뱉었다.

메카는 허리띠를 다시 매고 저고리 단추를 채웠다.

메카는 마치 모기들과 싸우기라도 하는 것처럼 손바닥으로 젖은 옷감 위를 톡톡 두드리면서 주머니 검사를 다시 시작했다.

"총독…… 총독이…… 신분증…… 가져오라는 말은…… 안했어
요…… 그분이 와서…… 나한테 훈장을 줬어요." 메카가 여전히 손
바닥으로 제 옷을 두드리면서 더듬더듬 말했다.

"됐어!" 위병이 말을 잘랐다. "헛소리 늘어놓는 거 보니 나를 완
전히 핫바지 경찰로 보는구면! 폭우가 쏟아지는 밤에 몰래 유럽인
구역을 뒤지는 쥐새끼 같으니……! 댓가를 치르게 해주마!"

"사실," 메카가 항변했다. "나는 장로요……! 그리고 총독이 내
친구예요…… 이봐요, 위병! 단지 훈장이……"

"아가리 닥쳐! 이봐, 영감! 임종 맞는 계집처럼 거짓말도 잘하는
군!"

"위병 양반, 난 기독교 신자요! 주님을 받아들인 사람의 입은 거
짓말을 못해요…… 이봐요, 위병 양반!"

"입 다물지 않으면 고양이 똥을 먹여주마, 늙다리 거북이 새
끼……! 출발!"

메카는 할 수 있는 것 이상으로 빨리 걸었다. 위병이 그의 목덜
미에 손을 대고 거의 뛰다시피 하면서 그를 떠밀었다. 메카는 숨이
찼다. 이따금 그가 신음소리를 냈다. 위병이 잘 훈련된 달리기 선수
처럼 거친 숨을 쉬는 것이 느껴졌다. 위병의 장화에 밟힌 물이 그
에게 튀었다.

"더이상은 못 걷겠소." 멈추어서면서 메카가 말했다. "더이상은
못 걷겠어……"

그가 털썩 물속에 주저앉았다. 위병이 그의 저고리 깃을 움켜잡
더니 꽤 먼 거리를 낡은 자루처럼 끌고 갔다.

"아, 젊은 양반!" 메카가 애원했다. "이 늙은이가 당신한테 무슨

잘못을 했소?"

위병이 발로 그의 허리를 걷어찼다. 음울한 비명소리와 함께 메카의 머리가 어깨 위로 기울어졌다. 위병이 그의 귀를 움켜쥐더니 얼굴에 전짓불을 들이댔다. 위병이 엄지손가락으로 눈꺼풀을 밀어 올리자 메카가 눈을 끔벅거렸다.

"일어나! 일어나라고!" 위병이 소리쳤다. "자, 어서! 빌어먹을, 서둘러! 얻어터지고 싶나?"

메카의 머리가 다시 어깨 위로 기울어졌다.

위병이 메카를 도랑이 있는 곳까지 끌고 가더니 그의 머리를 흐르는 물속에 처박았다. 메카는 개처럼 부르르 몸을 떨며 두 손으로 자기 눈꺼풀을 눌렀다. 위병이 그를 놓아주었다. 메카는 혀로 입술을 축였고, 입술을 동그랗게 내밀며 한숨을 쉬었다. 팔꿈치와 무릎을 사용하여 비틀비틀 간신히 몸을 일으킨 메카가 도랑으로 다시 가려고 했다. 위병이 그의 저고리 깃을 붙잡았다. 메카는 숨이 막혀서 겁먹은 침팬지처럼 비명을 내질렀다. 위병이 다시 그를 놓아주었다. 메카는 다시 물에 잠겼고, 위병에게 다시 저고리 깃을 잡혔다.

"출발해, 총독 친구 선생!" 위병이 웃음을 터뜨리며 명령했다. "이 변태 영감 좀 보라지! 자! 빨리!"

"젊은이," 메카가 숨을 헐떡이며 말했다. "위병 친구, 내 아들 나이쯤 돼 보이는데!" 그가 애원했다. "자네 아버지뻘 되는 늙은이한테 피를 보게 해서 뭐가 좋겠나? 위병 친구! 자네와 자네 가족들한테 저주가 닥칠 일을 왜 하려고 하나…… 위병! 오리털 위로 미끄러지는 물처럼 내 말이 한쪽 귀로 들어와서 다른 쪽 귀로 빠져나가는가?"

"닥쳐!" 위병이 망고나무 흔들듯 그를 흔들어대면서 고함을 쳤다.

메카는 신음소리도 못 내고 비틀거렸다. 그는 자기 저고리 깃을 잡고 있는 무쇠 손을 떨쳐내려 시도해보았다. 애써봐야 헛일이라는 느낌이 들자 그는 더이상 움직이지 않았다. 희끄무레한 어둠속에서 그들은 잔뜩 화가 나서 서로를 노려보았다. 위병이 경멸의 표시로 침을 뱉은 다음 저고리 깃을 놓아주자, 메카는 목을 한번 돌려보았다. 위병이 다시 한번 불빛을 메카의 얼굴에 비추었다. 메카가 손으로 눈을 가렸다. 위병이 불을 껐다.

"출발, 총독 친구 선생!" 메카를 앞으로 떠밀며 그가 말했다.

그 말과 함께 위병이 메카의 머리 위로 전짓불을 쳐들어서 커다란 빛다발을 생겨나게 했다. 그들은 잠시 말없이 걸었다. 이따금 번개 불빛에 앞뒤로 줄지어가는 그들의 모습이 드러났고, 메카는 양팔을 흔들어대면서 메아리 없는 독백을 이어갔다.

"위병! 젊은이!" 그가 소리쳤다. "한번만 내 말 들어봐요! 젊은이, 난 부랑자가 아니오!" 그가 기도하듯 중얼거렸다. "위병, 메카 집안의 사람들은 도둑질을 해본 적이 없어요! 위병, 난 우정의 훈장을 받으러 갔던 거요! 단지 우정의 훈장을 받으러……"

"……"

"아, 나를 모르다니, 동방에서 오기라도 한 젊은이인가, 나는 둠의 평범한 주민이오! 위병! 나는 우정의 훈장을 받으러 갔던 거라니까요……"

"귀 따가워 죽겠네!" 위병이 짜증을 냈다. "그런 헛소리는 나중에 새 모가지한테나 해!"

"우리끼리 해결을 볼 수 있는 가능성은 전혀 없는 거요, 젊은이?" 메카가 돌아보지는 않으면서 위병에게 물었다. "왜 나를 외국인들 손에 넘기고 싶어하는 거요? 이봐요, 젊은이! 왜 나를 외국인들 손에 넘기고 싶어하는 거요? 내 말이 말 같지……"

"아, 입 좀 닥쳐!"

메카는 입을 다물었고, 하늘을 향해 양팔을 쳐들었다.

그들은 경찰서에 도착했다. 위병이 아래쪽 문틈으로 빛줄기가 새어나오는 문 하나를 거칠게 열어젖히더니 메카를 방 안으로 밀어넣었다.

당직을 서던 원주민 반장이 석유램프가 밝혀진 탁자 위에서 입을 헤벌린 채 잠을 자다가 욕설과 함께 불쑥 잠에서 깨어났다. 메카는 겁을 먹고 한걸음 뒤로 물러섰다. 메카를 데려온 사나운 개가 문을 닫았고, 메카를 밀치면서 앞으로 나아가더니 반장 앞에서 부동자세를 취했다. 반장이 나치식 경례 동작을 취하고 나서 "쉬어!"라고 말했다. 반장이 공책 하나를 펴놓은 탁자에 위병이 자기 외투를 갖다 걸었다. 반장이 램프 위로 시선을 들어 메카 쪽을 바라보다가 엄지손가락으로 이따금 제 이마를 누르는 동료 경찰을 쳐다보았고, 이윽고는 자기 공책으로 눈길을 돌렸다. 마침내 그가 눈짓으로 자기 부하에게 물었다.

"별일 아닙니다!" 위병이 메카를 향해 돌아서서 손짓으로 앞으로 나오라는 신호를 하면서 말했다. "조금 더!" 아랫배에 두 손을 모은 자세로 빗속에서 몰이를 당하는 양처럼 걸어나오는 메카에게 그가 명령했다.

메카가 환한 빛 속으로 들어오자 위병이 자기 상관에게 몸을 숙이고 말했다. 상관은 공책 위에 팔꿈치를 괴고 손바닥으로 턱을 받친 채 부하의 말을 들었다.

"부랑자, 열간이입니다." 기계적으로 메카를 돌아보며 위병이 말했다. 그러고는 다시 상관에게 몸을 숙이며 그가 말했다. "누군

지도 말하지 않고, 신분증도 없습니다…… 아무것도…… 새 모가
지한테 보고할 게 아무것도 없습니다……"

반장이 공책 위로 시선을 들었다가 다시 공책을 보았고, 이윽고
자기 동료를 쳐다보았다.

"귀찮구먼……! 칠을 새로 한 감방에 저 더러운 작자를 처넣을
수는 없지……"

그가 자리에서 일어나 메카 맞은편의 탁자 가장자리에 기대섰다.

"어디 출신인가?" 그가 메카에게 물었다.

"저기…… 그러니까……" 메카가 혀로 입술을 적시며 말문을 열
었다.

"자기 말로는 고등판무관의 친구랍니다." 위병이 설명했다. "그
리고 고등판무관이 준 훈장을 잃어버렸대요. 또 자기가 진짜 영주
라나 뭐라나…… 멍청한 인간이."

두 남자가 말없이 메카를 똑바로 쳐다보았다. 메카는 몹시 수줍
은 소녀처럼 눈을 내리깔았다. 위병들이 웃음을 터뜨렸다. 메카는
깜짝 놀랐다.

"이름은?" 반장이 다시 물었다.

"메카……"

"메카!" 위병이 따라했다.

반장이 책상 뒤의 자기 자리로 돌아갔다. 그가 어깨를 으쓱하더
니 잉크병에 펜을 담갔다. 그는 펜대가 검지와 중지 사이에, 그리
고 엄지손가락 아랫부분에 제대로 놓였는지 확인했다. 자기 오른
쪽 어깨 위로 머리를 숙이면서 그가 교미를 앞둔 개처럼 두툼한 혀
를 기다랗게 빼물었다. 그의 부하가 입가에 멍청한 감탄의 미소를
띤 채 경탄의 눈길로 그를 바라보았다. 반장이 다시 한번 램프 위

로 시선을 들었다.

"메카란 말이지!" 혼잣말처럼 그가 다시 말했다.

"메카!" 부하가 다시 확인했다.

반장은 탁자 위에 자기 왼손을 납작하게 편 다음, 그 손에 턱이 거의 닿을 정도로 몸을 숙였다. 그의 혀가 눈에 띄게 길어졌다. 그가 오른손을 들어서, 백지 위에 내려앉을 준비를 하는 맹금처럼 허공에서 둥근 원을 그리기 시작했다.

"메카……" 그가 작은 소리로 다시 한번 말했다.

"메카!" 공책 위에서 손을 비틀고 있는 상관 쪽으로 몸을 숙이면서 위병이 되풀이했다.

같은 동작이 여러차례 반복되고 나서 메카가 나머지 이름인 '로랑'을 '로롱'이라고 발음하여 알려주자, 반장은 조수의 반복 확인을 들으며 '로로'라고 적었다.

"됐다!" 두명의 위병이 서로 축하의 눈짓을 주고받으면서 동시에 말했다.

반장이 서랍에서 열쇠 꾸러미 하나를 꺼냈다. 부하가 램프를 들고 문을 열러 갔다. 밖에는 여전히 비가 내리고 있었다. 그렇지만 보슬비였고, 구름처럼 보이는 가느다란 빗줄기들이 램프의 희미한 빛무리를 가로질러 떨어졌다.

"이상한 비네!" 앞장서서 걸음을 내디디며 위병이 말했다.

"앞으로!" 반장이 메카에게 소리쳤다.

램프로 길을 비추고 있는 위병을 따라잡으려는 생각에 메카의 발이 꼬이고 말았다. 왼발의 발가락들이 오른발 뒤꿈치에 걸렸다. 앞서가는 위병과의 거리를 좁히기 위해서 메카는 몰이를 당하는 암탉처럼 깡충깡충 뛰었다.

"저 사람 미쳤군!" 반장이 말했다.

부하가 돌아서서 램프를 메카의 얼굴 높이로 들어올렸다가 이내 어두운 쪽으로 방향을 돌렸다.

"이리로!" 위병이 외쳤다.

그들은 베란다를 우회하여 포도주 궤짝 나무로 만든 작은 문 앞에 이르렀다. 맹꽁이자물쇠를 들여다보는 반장에게 부하가 불을 비춰줬다. 반장이 문을 활짝 열었다. 메카가 문 안으로 들어서려다가 위병들을 향해 돌아섰다.

"하느님이 당신들을 보고 있소!" 메카가 쏘아붙였다.

위병이 그를 발로 걷어찼고, 비틀거리는 그를 안으로 떠밀어넣었다. 그의 등 뒤에서 이내 문이 거칠게 닫혔다. 메카는 다시 태초의 어둠속에 잠겼다. 그는 몽유병자처럼 두 팔을 뻗은 자세로 손가락 끝에 벽이 느껴질 때까지 앞으로 걸었다. 그는 벽에 등을 기댄 다음, 미끄러지듯 바닥에 주저앉았다. 손으로 자기 얼굴을 만져보고는, 놀라서 양 손바닥을 마주치고 제 입언저리를 쓰다듬어보았다. 두 눈으로는 헛되이 어둠에 익숙해지려 애쓰면서 그렇게 머물렀다. 모기 한마리가 귓가에서 앵앵거렸다. 그러나 온통 생각에 몰두해 있었기 때문에 그는 꿈쩍도 하지 않았다. 그가 이렇게 자기 자신과 대면하는 것은 생전 처음 있는 일이었다. 그는 자기 머릿속에서 날뛰는 생각들과 이미지들을 어떻게 끌어모아야 할지 알 수 없었다. 오랫동안 손바닥에 턱을 괴고 있던 그가 문득 소리쳤다.

"하느님 맙소사!"

그가 손으로 자기 머리통과 양 볼을 닦았다. 시멘트 위에 작은 물방울들이 떨어지는 소리가 들렸다. 한숨을 내쉬며 그가 다시 한번 중얼거렸다. "하느님 맙소사!" 그는 양팔을 벌린 채 고개를 왼쪽 오른쪽으로 흔들었고, 결국 두 손으로 이마를 감쌌다. 그는 몹시 피곤했다. 귓전을 괴롭히는 모기들, 영안실처럼 황량하고 추워서 시체처럼 얼어붙는 느낌을 주는 방, 어둠속의 모든 것들이 그를 주눅 들게 했다. 그리고 무엇보다도 낮 동안에 있었던 사건의 영상들이 그를 사로잡아 갈피를 잡을 수 없게 만들었다. 그는 요통을 누그러뜨리려고 바닥에 누웠다.

"수치스럽구먼!" 그가 큰 목소리로 말했다. "수치스러워!"

그는 일어나서 벽에 다시 기댔고, 이윽고 다시 바닥에 주저앉았다. 두 다리를 쭉 폈다.

"우리 신세는 왜 이리 처량한고!" 그가 말했다.

밖에서 밤새가 울었다. 메카는 몹시 마음이 아팠다. 그 음산한 울음소리에 자신의 대나무 침상과 비 오는 밤이면 켈라라가 활활 피우는 불이 생각났다. 그럴 때면 그는 졸음에 눈꺼풀이 무거워지는 것과 함께 빗물이 야자수 잎 지붕에 쏠리는 소리를 듣는 것이 좋았다. 그가 켈라라의 목덜미 밑으로 팔을 밀어넣으면 켈라라는 자신의 땋은 머리채로 그의 어깨 움푹한 곳에 똬리를 틀곤 했다. 그의 두 눈에 눈물이 고였다.

"우리 신세는 왜 이리 불쌍한고!" 그가 다시 한번 탄식했다. "불쌍한 우리 신세⋯⋯" 헐떡이듯 그가 말했다.

누군가에게 속내이야기를 할 때의 버릇대로 그는 보이지 않는 어떤 사람의 어깨를 잡으려고 했지만, 공연히 몸의 균형만 잃었다.

"사람은 세상에서 혼자야!" 엉덩이를 최대한 벽에 바싹 붙이면서 그가 혼잣말을 했다.

그는 양손으로 이마를 감쌌다. '폭풍우에도 흔들리지 않는 그루터기' '숲을 두려워하지 않는 강' '왕뱀' '바위' '케이폭나무' '코끼리’ ‘사자’처럼 위대한 메카들의 후예인 그, 타인의 힘에 절대로 굴복한 적이 없는 사람들의 아들인 그, 우정을 더없이 소중하게 여기는 그가 어떻게 이런 취급을 당할 수 있단 말인가! 하찮기 짝이 없는…… 그 무슨 거시기처럼!

메카는 서로 상반되는 감정들에 사로잡혔다. 그는 두명의 위병들이 새 모가지 앞에서 하게 될 사과의 말들을 생각하면서 미리 기분이 좋아졌다. 그는 그 장면을 상상해보았다. 지금의 그와 비슷한 상황에 처해 있는 사람들한테 흔히 그러듯이, 위병들이 그를 떠밀어 백인 서장 앞으로 데려갈 것이다. 그는 의외성의 효과를 극대화하기 위해 잠시 고개를 숙이고 있다가, 이윽고 고개를 들어 비수처럼 날카로운 시선으로 백인 서장을 쳐다볼 것이다. 새 대가리는 얼굴에 핏기가 가실 것이다. 아, 불쌍한 위병들 같으니! 더듬더듬 사과를 하면서 그자들이 무슨 생각을 할까! 그런데 메카가 과연 그 사과를 받아들일까? 왜냐하면 그자들은 용납할 수 없는, 끔찍한 실수를 했기 때문이다. 사실 예수님 때부터 경찰은 타락한 개들이었다. 하느님, 정직한 사람을 강도와 구별할 수 있는 후각이 경찰들에게는 없었다. 흥! 가련한 작자들! 그자들을 원망한들 무슨 소용인가…… 마음속으로는 그자들이 지옥에 떨어지기를 바라면서도, 메카는 그자들을 용서한다는 뜻으로 자기가 하게 될 여유있는 손동작을 어둠속에서 한번 해보았다!

세상물정 모르는 순진함 덕분에 그는 위병들을 경멸할 수 있었고, 또한 그래서 마음이 진정되었다. 그런데 제기랄! 미덕과 정직함이 아무런 보상도 받지 못하는 이 세상에서 순진하고 겸손하다는 게 무슨 소용인가? 그리고 사람이 사막의 모래알갱이처럼 개성을 잃어버린 이 세상에서! 메카는 자신이 아주 늙은 느낌이 들었다. 젠장, 그래도 아직 묘지에 묻힌 건 아니지 않은가! 그는 젊은 시절에 남의 힘에 굴복하여 땅바닥에 머리를 조아린 적이 결코 없었고, 바로 그 점을 위병에게 보여주고 싶었다. 그는 유치장의 문을 향해 다가갔다. 뜻밖에도 문이 잠겨 있는 것을 보고 발로 문짝을 걷어찼다.

"할례도 안한 놈들의 노예들아!" 그가 울부짖듯 고함쳤다. "문들 열어! 문 열어! 문 열고 진짜 메카를 보라고……! 개자식들! 너희들이 감히 나를 쳐다나 볼 수 있겠어? 나는 절대로 남의 힘에 굴복하여 머리를 조아린 적이 없는 사람이야! 갈보 새끼들 같으니!"

그렇게 주절대면서 메카는 어둠속을 왔다 갔다 했다. 젊은 시절에 격투 상대들에게 도전의 표시로 그랬던 것처럼, 한쪽 무릎을 바닥에 대고 보이지 않는 적수를 향해 자기 오른팔을 뻗었다. 그는 어깨를 들썩이며 함석지붕이 떠나가라 고함을 질렀다. 그는 정신 나간 사람처럼 상체를 들썩여가며 요란하게 웃었고, 위병들에게 다시 욕설을 퍼붓기 시작했다.

얼굴에 땀방울이 맺힌 것이 느껴질 때까지 그의 그런 행동은 계속되었다. 그러다가 그는 옷이 말랐다는 것을 깨달았다. 또다시 고함치고 싶었지만 더이상 목소리가 나오지 않았다. 나병환자들처럼, 커다란 구멍 속으로 빨려들어가는 바람소리 같은 맥 빠진 목소리가 났다. 그는 위병들에게 또다시 몇 마디 욕설을 퍼붓다가, 목소리가 완전히 잠겨버릴 것 같은 두려움에 입을 다물었다. 그는 쪼그려앉았다가, 이내 시멘트 바닥에 주저앉고 말았다. 바닥의 서늘한 느낌이 좋았다.

"개자식들!" 그가 또다시 중얼거렸다.

그는, 다음날 첫번째로 와서 문을 여는 위병을 패죽이고 말겠다는 생각을 하면서 잠이 들었다.

　그는 자기가 깊이 잠들었었다는 사실을 깨닫고 부끄러웠다.
"몸뚱어리는 우리 게 아니야……" 큰 목소리로 그가 말했다. "우
리도 참 가련한 중생이지!"
　그는 자기 목소리가 되돌아온 것이 기뻤다. 아침이 한참 지난 것
같았다. 문의 작은 틈새 사이로 스며드는 햇빛, 그리고 함석지붕과
방의 벽 사이에 나 있는 빈 공간 덕분에 방 안의 어둠이 완전히 가
신 상태였다. 메카가 갇혀 있는 방은 전혀 아무런 장식도 없었다.
야한 그림들을 안 보이게 하려고 벽을 새로 칠했지만, 얇은 회칠
너머로 메카는 어렵지 않게 그 그림들을 알아볼 수 있었다. 그래,
여기가 바로 경찰서의 유치장이구나! 짐승 우리군! 어떻게 수감자
들을 위해 그나마 엉덩이라도 얹을 수 있는 의자 하나 가져다놓지
않았을까? 메카는 목구멍으로 뭔가가 치밀어오르는 느낌이었다.
눈에서 불꽃이 일었다. 그는 바닥에 한쪽 무릎을 대고 싶은 마음을
간신히 참았다.[24] 그는 바짓가랑이와 카키색 상의 소매를 말아올렸
다. 공이 울리기 직전의 복싱 선수처럼 몸 푸는 동작을 시작했다.
그는 뼈마디에서 우두둑거리는 소리가 나다가 이윽고 아무 소리도
나지 않게 되자, 문으로 다가가서 갈라진 틈 하나에 코를 가져다대
고 기다렸다.
　그러다가 누군가가 바깥의 자물쇠를 만지는 소리가 들리자 메
카의 가슴이 쿵쾅거렸다. 메카는 한발짝 뒤로 물러났고, 자신이 새
모가지를 만날 준비가 전혀 안되어 있다는 생각에 불안해졌다. 문

---

24 현지인들이 결투를 신청할 때 취하는 동작.

이 열렸을 때, 메카는 팔짱을 끼고 벽에 기대어 있었다.

메카는 육중한 덩치를 보고 그자가 위병이라는 것을 알 수 있었다. 위병이 재미있다는 듯 그를 바라보더니 육중한 걸음걸이로 다가왔다. 메카는 한걸음 옆으로 비켜서고 싶었지만 온몸이 엄청난 무게에 짓눌린 느낌이었다. 손 닿을 거리까지 다가온 위병이 그의 저고리 깃을 움켜쥐었다.

"밖으로!" 위병이 소리쳤다. "새 모가지를 만날 거야."

메카는 발끝에서 머리까지 어떤 전율이 온몸을 뒤흔드는 느낌이었다. 꿈속에서처럼, 그랬다, 마치 덫에 빠져 반쯤 기절한 고슴도치를 움켜잡듯이 그가 위병의 팔을 움켜쥐었다…… 아주 부드러운 아보카도 과육 속으로 파고들듯이 손가락들이 뚱뚱한 흑인의 물렁한 살 속으로 파고드는 것이 느껴졌다. 위병이 고통으로 펄쩍 뛰면서 몸을 뺐다. 메카는 자신의 승리를 철저하게 활용했다. 그도 내심으로는 일이 이 정도에서 끝나기를 바랐고 그랬더라면 그 뚱뚱한 사내가 기선을 잡을 수도 있었겠지만, 그는 공격적으로 나갔다…… 그는 한쪽 무릎을 바닥에 대고 뚱뚱한 위병에게 결투를 신청했다.

"어제저녁에는 내가 뭐가 뭔지 갈피를 잡지 못했기 때문에 네가 나를 이겼지!" 메카가 위병에게 소리쳤다. "네놈 불알이 모래로 만든 게 아니라면, 오늘 여기서 입회인 없이 결판을 내자……"

위병은 당황해했다. 그가 한걸음 앞으로 나오자 메카가 뒤로 물러났고, 이번에는 위병 스스로 세발짝 뒤로 물러났다. 메카는 위병을 매 맞는 아이 다루듯 대했다. 위병이 호루라기를 불어 동료들에게 알렸다.

메카는 이내 붉은색 경찰 모자를 쓴 몇명의 사내들에 의해 바닥에서 들어올려지는 느낌, 어깨 위로 들리는 느낌이 들었다. 누군가가 그에게 수갑을 채웠다. 소리를 지르고 싶었지만, 많은 수의 위병들이 덤벼들었다는 명예가 그의 입을 다물게 했다. 그들은 메카를 새 모가지의 집무실까지 거칠게 끌고 갔고, 새 모가지는 승마용 채찍을 꺼내어 메카의 어깨를 두번, 세번, 네번, 열번 내리쳤다. 그는 메카의 얼굴에 침을 뱉었고, 위병들을 물러가게 했다. 새 모가지가 반장을 불렀다.

"이 미친놈은 뭐야?" 새 모가지가 물었다.

위병이 발뒤꿈치를 부딪치면서 기계적으로 손을 모자 차양에 갖다댔다. 새 모가지가 그런 형식적인 태도가 거슬렸는지, 시뻘게진 얼굴로 다시 한번 무슨 일이냐고 물었다. 위병은 침을 한번 삼킨 다음, 원망 가득한 시선으로 메카를 바라보면서 특유의 생략적인 말투로 단숨에 주르륵 말했다. "저자는," 위병이 손가락으로 메카를 가리켰다. "신분증도 없고, 불도 없고, 아무것도 없습니다……"

새 모가지가 메카에게 다가갔고, 늙은 흑인의 시선에서 능욕당한 순수함을 보고 조금은 당황했다. 그가 채찍 끝으로 자기 관자놀이를 문지르면서 위병들을 내보냈다. 그는 자기가 먼저 웃으면서 메카를 웃게 해보려고 했다. 메카는 대리석처럼 꿈쩍도 하지 않았다. 그는 새 모가지를 머리에서 발끝까지 쳐다본 다음, 시선을 고정시켜 허공만 바라보았다. 바리니 씨가 그의 어깨 위에 손을 얹었다. 메카는 고개를 숙이고 있었지만, 분노로 부푼 턱이 움푹 꺼진 양볼의 피부 밑으로 툭 튀어나와 있었다. 새 모가지가 그를 잡고 흔들었다. 흔들리던 메카가 짜증난다는 듯 이빨 사이로 휘파람 소리를 냈다. 새 모가지가 메카의 턱을 쓰다듬다가, 고집스럽게 바닥만 바라보는 흑인의 머리를 쳐들었다. 메카는 눈을 감았다. 새 모가지가 그를 손에서 놓았다. 메카의 머리가 꺾이면서 가슴께에서 건들거렸다. 새 모가지가 통역을 불렀다.

"이 사람 왜 이래?" 그가 물었다.

통역이 당황스럽다는 듯 입을 삐죽거리면서 어깨를 으쓱했다. 새 모가지가 고개를 가볍게 흔들면서 채찍 끝으로 제 관자놀이를 다시 문지르더니, 통역에게 말했다. 그의 말이 끝나자 통역이 손을 메카의 팔에 얹었다. 메카가 입술을 달싹거리며 멍한 시선으로 통역을 바라보았다. 통역은 낙심하지 않았다. 그는 백인 서장이 한 말을 길게 음베마어로 옮겼다. 통역이 말을 끝내자 메카가 손으로 자기 입술을 문지르고 나서, 그저 앞만 바라보며 통역에게 말했다.

"나는 아주 지쳤고, 너무 지쳐서 새 모가지한테 할 말이 하나도 생각나지 않소. 나를 어떻게 하든 마음대로 하라고 하시오…… 내가 누구냐고 저 사람이 물으니까 하는 말인데, 어제까지도 백인들의 우정을 믿었던 멍청이 중의 멍청이라고 말해주시오…… 난 너무 지쳤어요. 나를 어떻게 하든, 마음대로 하라고 해요……"

메카는 손으로 자기 코를 비틀었고, 숨을 들이마셨고, 손등으로 코끝을 문질렀다. 통역이 메카가 한 말을 차례차례 옮기자, 바리니 씨가 이상하다는 듯 메카를 쳐다보았다. 이따금 그는 베란다 저쪽 끝에서 심문을 지켜보고 있던 위병들을 귀찮아하는 눈길로 쳐다보았다. 통역의 말이 끝나자 서장은 반장을 불렀다. 두 사람은 집무실로 들어갔다.

메카는 돌아보지도 않았다. 그는 상념 속에서 몇 년 전으로 거슬러올라가 있었다. 대단했던 그의 할아버지의 아내들의 마을이 저기, 저 앞에 있는 백인들의 저택들 너머에 펼쳐져 있던 시절이었다.

위대한 메카 집안 마을에서 이제 뭐가 남았는가! 이 고장의 진정한 남자들이었던 사람들은 또 어떤가! 메카의 두 눈에 슬픔의 그림자가 어른거렸다. 그는 왼손으로 턱을 받쳤다.

'이 땅에서 오래 견디는 법을 알아야 해.' 그는 생각했다. '어떤 때는 그게 아주 힘든 일이지…… 어제의 주인이 오늘은 노예가 될 줄 누가 알았겠나? 메카 집안사람들이……' 그가 속으로 중얼거렸다. '사자인간, 천둥인간, 하늘인간이었고, 신비한 힘의 화신들이었고, 이 지방에서 하늘과 땅을 다스리던 사람들이었는데……'

메카는 눈을 감았다. 그는 자기가 처음 보았던 백인을 떠올려보았다. 그 당시에 그는 몇살이었을까? 그는 어머니가 여전히 자기를 동네 여자들이 미역 감는 강으로 데려가던 것이 기억났다. 그는 아직 옆에 있어도 알몸의 여자가 겁을 내지 않는 축소판 남자였다. 어머니는 그를 물이 발목까지도 오지 않는 강둑 근처에서 철벅거리며 놀게 내버려두었다가, 다시 등에 둘러업고 집으로 돌아가곤 했다.

그 나이 근처에서 메카의 기억은 가물가물해졌다. 그는 자신의 할례가 생각났고, 할례 받은 상처가 아물 무렵에 그 고장을 뒤흔든 열병이 생각났다. 아침부터 저녁까지, 그리고 저녁부터 아침까지 탐탐 소리가 울려퍼졌다. 그 고장에 유령 인간이 왔다고들 했다. 유령 인간은 회처럼 흰 피부에 표범처럼 사나운 눈, 그리고 말갈기처럼 긴 머리를 하고 있었다. 사람들은 그 유령 인간과 싸울 채비를 했다. 메카는 할아버지의 정자에서 있었던 마을 전체회의를 기억해냈다. 사람들은 창과 가지 치는 칼을 뾰족하게 갈았고, 목제 투창을 다듬었다. 쇠뇌 화살에는 스트라판토스로 칠을 입혔다. 남자들은 자신들을 무적으로 만들어줄 향유를 온몸에 발랐다. 그러고는 두마리 악어가 사는 강 근처로 총출발했다. 여자들과 함께 남은 다른 아이들과 마찬가지로, 메카는 최근에 나타나기 시작한 자신의 남성성을 자랑스럽게 생각했다. 메카가 공기를 삼키면서 일부러 저음의 목소리로 먹을 것을 달라고 하는 것을 보고, 어머니는 무척 재미있어했다. 짧은 우기가 지나고, 어른들이 돌아왔다. 탐탐 소리와 여자들이 외치는 "요! 요!" 소리가 어우러진, 승리의 귀환이었다. 유령 인간이 붙잡혔던 것이다. 사람들은 그를 마을의 종려나무에 묶었다.

메카는 다시 눈을 뜨고 자기가 있는 곳이 어딘지 가늠해보려 했다. 병원에 있는 큰 망고나무의 푸른 궁륭이 그의 시선을 가로막았다. 그는 다시 눈을 감았다. 이번에는 모든 것이 분명하게 머릿속에 떠올랐다. 약하다는 것을 알고 사람들이 요절을 내버린 유령 인간, 음베마족의 위대한 족장이었던 할아버지 소유가 되었다가 나중에 처음으로 표범을 죽였을 때 메카에게 주어진 그 유령 인간의 두개골도 생각났다.

"난 백인들이 두렵지 않아!" 그가 큰 목소리로 말했다.

그는 그 독일인의 두개골을 생각했다. 그는 세례를 받던 날에 그 두개골을 강물에 던져버렸다.

"그날이 내가 노예가 된 날이지!" 그가 큰 소리로 말했다.

그 말에 뒤이어 베란다 다른 쪽 끝에서 요란한 웃음소리가 들려왔다. 위병들이 빈정거리는 시선으로 그를 바라보며 박장대소하는 것이 보였다. 그가 한발짝 움직였다. 웃던 위병들의 입술이 그대로 굳어졌다. 메카는 처음에 깊은 증오의 눈길로 그들을 바라보았지만, 이윽고 긴 한숨을 내쉬면서 증오심을 삭여버렸다. 자기 스스로가 측은하게 생각되어 고개를 흔들면서 위병들을 향해 말했다.

"우리 모두 가련한 중생들이지!"

그는 위병들을 잊었다. 통역사가 그를 부르러 왔다. 메카가 보기에 새 모가지는 난처해하는 것 같았다. 새 모가지가 메카에게 손을 내밀려고 하다가 생각을 바꾸고는 담뱃갑을 꺼냈다──언제나처럼 궐련이었다. 새 모가지가 메카에게 한대를 권했지만 메카가 꿈쩍하지 않자 메카의 입에 억지로 담배를 물렸다. 그가 메카에게 불을 켜주었다.

"피워요, 피워! 백인을 화나게 하지 말고." 통역사가 음베마어로 메카에게 말했다. "여기서 나간 뒤에는 백인에 대해서 뭐든 당신 마음대로 생각해요…… 어리석은 짓 하지 마요, 당신 사건은 해결됐으니까!"

메카의 입술이 떨렸다. 그가 손으로 탐욕스럽게 담배를 잡더니, 입안에서 담배가 느껴질 때까지 윗앞니 사이의 벌어진 틈새로 깊숙이 밀어넣었다. 그의 양 볼이 움푹해지더니 콧구멍과 입술 언저리에서 자욱한 연기가 뿜어져나왔다. 그는 지난밤을 보낸 썰렁한 방이 생각났고, 자기 집의 따뜻한 불과 켈라라가 생각났다.

새 모가지가 그에게 미소를 지었다. 메카도 입에서 담배를 빼낸 뒤 그에게 웃어 보였다. 백인이 통역사에게 길게 뭔가를 말했다. 그의 말이 끝나자 통역사가 통역했다.

"백인이 아주 많은 이야기를 했는데, 그걸 전부 다 통역하려면 밤을 새워야 할 지경이오…… 내가 당신한테 해줄 수 있는 말은 요컨대 집으로 돌아가도 좋다는 것…… 그리고 당신을 위해서 훈장을 하나 더 신청할 거라는 거요. 운 좋게도 백인 양반이 당신을 알아봤어요. 그리고 앞으로는 밤에 시내에 올 때 램프를 잊지 마시오. 이상이오."

새 모가지가 다시 메카를 향해 미소를 지었고, 메카도 입이 귀밑까지 찢어지도록 어수룩한 미소를 지었다. 새 모가지가 손을 내밀자 메카가 망설였다. 메카는 자기 손과 백인의 손을 번갈아 바라보았다. 그가 어색한 미소를 지었다.

"뽀또[25] 뽀또!" 마른 진흙 때문에 황토색이 된 자기 손과 새 모가지를 번갈아 바라보며 메카가 말했다……"백인 손이 더러워질까 봐서요."

"뭐라고 하는 건가?" 백인이 통역사에게 물었다.

"자기 손에 진흙이 묻었다고 합니다." 통역사가 말했다.

---

25 원주민의 말로 '진흙, 진창'을 의미하는 단어.

2

메카는 관저가 더이상 보이지 않게 되자 걸음을 늦추었다. 그의 앞에, 주말까지 둠을 잡아삼키게 될 안개의 바다로부터 원주민 구역에 있는 집들의 지붕이 군도처럼 떠올랐다.

메카는 야릇한 느낌을 받았다. 완전히 경쾌한 기분은 아니었지만, 또한 지난밤의 공포 때문에 이따금 뒤를 돌아다보지 않을 수 없었지만, 행복한 느낌이었다. 한걸음 한걸음 원주민 구역을 향해 다가갈 때마다, 그리고 관저 지붕이 시야에서 사라져감에 따라, 그를 짓누르던 알 수 없는 어떤 중압감이 사그라졌다. 피어오르는 연기처럼 가벼운 기분이 되자, 메카는 길가의 레몬 잎을 한움큼 따서 억센 두 손바닥으로 짓이긴 뒤에 이빨에 문질렀다. 잎을 모두 내뱉은 다음에는 아랫입술을 내밀어 윗입술에 포개면서 숨을 내쉬었다. 아침이면 나는 나쁜 입냄새가 나지 않을 때까지, 레몬 잎을 한움큼 더 따서 같은 동작을 반복했다. 그는 도랑에 고인 물웅덩이에 손을 씻은 다음, 그 손으로 얼굴을 닦았다. 그는 다시 출발했고, 성호를 그으면서 아침기도를 시작했다.

기도의 제일 앞 단어들은 쉽게 생각이 났다. 팔짱을 끼고 하늘을 바라보며 엄숙하게 걸음을 옮기다가, 엄지발톱이 조약돌에 부딪치고 말았다.

"맛있는 식사를 하겠네요!" 지나가던 사람이 그에게 소리쳤다. "아침 시작 운이 좋군요!"

메카는 욕설을 내뱉으면서 세번 깨금발을 뛴 뒤에, 몸을 숙여 엄지발가락을 내려다보았다. 안개 속에서 말을 건넨 사람의 형체가 그에게 다가왔다.

"심각한가요?" 그 사람이 물었다.

"더 안 좋은 경우도 겪었지요." 몸을 일으키며 메카가 말했다. 길손이 그에게 손을 내밀었다.

"좋은 아침이오!"

"좋은 아침이오!" 상대가 내민 손을 잡으며 메카가 웅얼거렸다.

"무슨 일이 있었습니까?" 안타까움이 가득 담긴 목소리로 행인이 물었다.

"…… 백인들 때문이지요……! 오로지 백인들 때문에……" 강한 몸짓을 섞어가며 메카가 대답했다.

상대가 고개를 끄덕였다.

"그럴 줄 알았어요…… 그럴 거라고 짐작했어요." 그는 그렇게만 말했다. "새 모가지 집무실에서 나오는 사람은 척 보면 알 수 있거든요! 그럴 줄 알았어요…… 그럴 거라고 짐작했어요……"

"그래, 맞소!" 메카가 환멸의 표정과 함께 한숨을 내쉬었다.

이번에는 메카가 먼저 손을 내밀었고 길손이 그 손을 엄숙하게 맞잡았다. 메카는 아무런 할 말도 생각나지 않았다. 그는 양손을 뒷짐 지고 허리를 고슴도치 덫의 지렛대처럼 잔뜩 숙인 자세로, 쓰라린 마음을 곱씹으며 떠나갔다. 기도를 다시 시작하려고 했지만, 조금 전에 중단하게 되었을 때 어디까지 했는지 기억이 나지 않았다. 애매한 몸짓을 한번 한 다음, 발걸음을 재촉했다.

폭우가 내린 7월 14일 다음날, 둠은 말 그대로 황량해져 있었다. 구석구석의 오지에서 달려왔던 원주민들은 마법처럼 자취를 감추었다. 폭우에 집이 떠내려가지 않은 원주민 구역 사람들은 집 안에 처박혀 지냈다. 안개 때문에 방향을 착각하기도 하면서, 그리고 움푹 팬 땅바닥 때문에 고생하면서 서둘러 유럽인 구역으로 가는 몇몇 인부들 말고는, 길에 그림자 하나 보이지 않았다.

"나쁜 소식이 있나요?" 메카의 구겨진 옷 위에 마른 진흙이 벌겋게 등껍질처럼 달라붙어 있는 것을 보고 한 길손이 물었다.

메카가 고개를 가로저으며 소리쳤다.

"백인들이죠……! 단지 백인들 때문에……"

메카는 양손을 흔들어 길손에게 미안하다는 표시를 하면서 뒤뚱거리는 팔자걸음을 재촉했다. 그는 마미 띠띠 생각이 났다. 그러나 이내 그 생각을 떨쳐버렸고, 그의 커다란 두 발은 원주민 구역을 지나지 않고 집으로 곧장 갈 수 있는 지름길로 접어들었다. 밤새 내린 비로 길이 미끄러웠기 때문에 그는 종종걸음 치듯 작은 보폭으로 걸었다. 숲에서 빠져나오자마자 한숨을 내쉬었고, 아직 축축한 길가의 풀들과 떨기나무들을 쓰다듬었다. 표범쥐 한마리가 덤불숲에서 빠져나와 전속력으로 길을 가로지르더니 수풀 속으로 사라졌다.

"표범쥐가 길 위로 뛰어간다…… 저놈은 자기가 어디로 가는지 알지." 메카가 큰 소리로 말했다.

표범쥐를 봤을 때 그렇게 말하면 길을 잃지 않는다고 배운, 의례적인 문구였다.

"아직도 조상들이 미리 나한테 경고하지 않았다고 말할 수 있을까? 어제 난 표범쥐를 보지 못했어…… 표범쥐를 보지 못했으면서, 어떻게 내가 둠에 갈 수 있었을까?"

엄지발톱이 또 나무뿌리에 걸렸다.

"내가 틀림없이 맛있는 식사를 하게 될 거야!" 그가 말했다.

그는 발걸음을 좀더 빨리했다. 그는 이동하는 코끼리처럼 내달렸다. 주위에서 수풀이 우지끈 뚝딱 소리를 냈다. 폭우에 길이 거의 사라져버린 상태였다. 쓰러진 나무들은 떨기나무들을 깔아뭉개면서 메카가 가는 길 위에 바리케이드를 쳐놓았다. 수많은 나뭇잎들이 손처럼 달라붙어 옷을 축축하게 적셨다. 메카는 풀과 나뭇가지를 헤치거나 한 나무둥치에서 다른 나무둥치로 건너뛰기도 했고, 쓰러진 나무가 완전히 막지는 않고 남겨놓은 공간으로 뱀처럼 바닥을 기면서 빠져나가기도 했다. 그가 숲속의 공터에 이르렀다.

그는 풀 위에 오줌을 누었고, 사람 오줌에 적셔진 풀은 그에게 원초적 남성성을 되돌려주었다. 조금 더 떨어진 곳에서 그는 에세송고 나뭇잎 두장을 붙여서 액운을 쫓았다. 새 한마리가 그의 머리통에 똥을 쌌다.

"좋은 징조야!" 메카는 손을 머리에 얹어서 하늘에서 날아온 똥을 좀더 잘 문질러 폈다.

수풀 사이로 이리저리 날아다니던 멧비둘기 한마리가 스칠 듯이 그의 옆을 지나, 길을 가로막고 있는 굵은 맹그로브 나무뿌리에 내려앉았다.

"길동무야!" 메카가 마치 사람에게 하듯 멧비둘기에게 말을 건넸다. "무슨 좋은 소식을 가져왔느냐?"

새가 날아오르더니 메카의 머리 위를 선회했고, 또다시 약간의 똥을 쌌다. 이번에는 화를 내려고 했지만, 행운이 머리 위로 내려오고 있었기에 메카는 생각을 바꾸었다.

"좋은 징조야!" 그가 말했다.

그의 마음속에서 그런 종류의 온갖 미신들이 되살아나 수년에 걸친 기독교의 가르침과 관습을 썰물처럼 휩쓸어가버렸다.

죽은 나무 냄새, 큰 나무들 밑에 우글거리는 작은 나무들의 냄새, 젖은 땅 냄새, 큰비가 온 다음날 숲에서 나오는 온갖 발산물의 냄새가 대기 속에 배어 있었다. 물칡[26]처럼 신선한 그 냄새들이 몰이사냥을 생각나게 했고, 땅굴 입구에 작은 불을 피워서 모는 고슴도치, 영양의 갈비뼈 사이에 솜씨 좋게 박히는 투창, 진흙탕 우리에서 도망가는 멧돼지, 좋은 수확을 위해 종려주일 마지막 일요일의 마른 종려나무 잎으로 붙이는 들불…… 요컨대 우정의 훈장을 받으러 오라는 소환장을 받은 이후로 메카에게 결핍되어 있었던 아프리카 땅 특유의 삶 전체를 다시 생각나게 했다. 이미 그는 짐승들이 풀 위에 남겨놓은 흔적들을 눈여겨보았다. 그는 숲의 그 지역에 영양들이 많다는 사실에 기뻤고, 이내 그 지역에 '귀로歸路의 숲'

---

26 숲에서 마실 수 있을 정도로 수분을 많이 함유한 칡의 일종.

이라는 이름을 붙였다.

수탉 울음소리가 들렸다. 메카는 나무둥치 몇개를 더 뛰어넘은 뒤에 자기 집 뒤에 있는 카카오나무 경작지에 들어섰다. 양탄자처럼 깔린 젖은 나뭇잎들을 두 발로 밟는 느낌이 감동적이었다. 그렇지만 그의 둔탁한 발소리에 오물더미를 뒤지고 있던 암탉들이 놀랐다. 그가 다가가자 한 무리의 염소들이 흩어졌다. 암탉들이 꼬꼬댁거렸다. 개가 짖더니 잰걸음으로 메카를 향해 달려왔다.

"멘도모! 멘도모!" 손가락으로 딱딱 소리를 내며 메카가 개를 불렀다.

개가 멈추어섰다. 여러차례 '푸푸' 소리를 내더니, 개가 다시 짖기 시작하면서 마을 쪽으로 멀어졌다. 사제의 요리사가 키우는 개였다. 그놈은 선교단에서 도망쳐서 마을로 왔고, 그때그때 마을 사람들이 베푸는 호의에 기대어 그날그날의 양식을 해결했다.

"빌어먹을 놈이 나를 못 알아보네!" 메카가 화를 냈다. "내 집에 다시 오기만 해봐라……!"

메카는 자신의 덤불 화장실을 에돌아갔다. 매일 아침 그를 기다리던 암퇘지가 여태까지 둘의 만남을 기다려온 것을 알고 메카는 미소 지었다. 불쌍한 놈! 메카가 평소처럼 쭈그려앉는 시늉을 했다. 암퇘지가 뒤뚱뒤뚱 좌우로 몸을 흔들면서 그에게 다가왔다. 돼지는 메카의 앞을 지나 조금 더 떨어진 곳으로 가더니, 떡하니 길을 가로막은 채 기다렸다. 메카는 어안이 벙벙해졌다. 저런 모습을 내가 어디서 봤더라? 헐떡헐떡 폭소를 터뜨리며 메카가 땅바닥에서 몸을 일으켰다. '세상은 정말 하느님의 작품이야……' 그는 생각했다.

기억이 가물가물해져서 애를 먹을 때 하는 버릇대로, 그가 손을 자기 이마에 얹었다. 그가 한걸음 다가가자 돼지가 꿀꿀거리며 뒤로 물러났다. 메카는 다시 웃음을 터뜨렸다.

"생각났어." 그가 헐떡거리며 말했다. "왜 진즉에 그 생각을 못했을까? 저 모습은 바로 백인들 우두머리의 모습이잖아…… 세상은 정말 하느님의 작품이야." 그가 반복해서 말했다. "백인들 우두머리와 저 돼지를 만든 게 어떻게 같은 장인의 솜씨가 아니라고 말할 수 있겠어……"

여전히 웃음을 참지 못하고 킥킥대면서 메카가 자기 집 쪽으로 걸어갔다. 유일하게 그의 집과 다른 열채 정도의 집들만이 돌풍을 견뎌내고 남았다. 마치 불도저 일개 중대가 마을을 휩쓸고 간 것 같았다. 마을은 커다란 흙덩이들이 삐죽삐죽 서 있는 들판에 불과해 보였다. 칼, 괭이, 삽을 든 마을 사람들이 잔해더미 사이를 분주하게 오가면서 가재도구들을 끄집어내느라 용을 썼다. 남자, 여자, 아이 할 것 없이 모두가, 어제까지만 해도 집이었던 진흙더미 속을 뒤졌다. 절굿공이와 목제 막자그릇, 법랑 양푼, 양동이, 연기에 시커멓게 그은 트렁크, 흰개미들이 반쯤 갉아먹은데다 모기의 핏자국으로 얼룩덜룩한 시커먼 모기장, 그을음에 뒤덮인 낡은 성인도聖人圖, 땅콩 으깨는 데 쓰는 굵은 돌, 양산나무로 만든 침대 다리, 낡은 휘발유통, 석유통, 헌 실내화, 전쟁 전의 잡지들, 꾀죄죄한 옷가지들, 땅콩 자루와 소금 자루, 온갖 잡다한 가난의 흔적들이 안마당 여기저기에 작은 더미를 이루며 쌓여 있었다. 마을의 가금류들도 모두 안마당에 집결하여, 가구들에서 빠져나와 달아나는 바퀴벌레, 지네, 거미 들을 억센 부리로 쪼아먹었다.

메카가 안마당으로 들어갔다.

"메카다!" 누군가가 외쳤다.

"어디?" 다른 누군가가 물었다.

"저기 있잖아!"

"나 왔소!" 메카가 소리쳤다.

사람들은 그런 대거리를 듣고, 몹시 놀랐다. 남자들은 손에서 칼을 내려놓았고, 빠뉴를 고쳐맸으며, 놀란 듯 손바닥을 입술에 가져다댔다.

메카의 조카 음봉도가 그에게 달려갔다. 메카가 가족들에게 둘러싸인 채 장례식에서 밤샘하는 사람처럼 심각한 표정을 지었기 때문에, 무슨 안 좋은 일이 있었냐고 물어볼 필요조차 없었다. 그의 더럽기 짝이 없는 옷차림도 마찬가지였다. 방데르메이에르 신부가 자기 교회 근처에서 쫓아버린 넝마 걸친 거지들과도 구별이 안될 정도였다.

음봉도가 메카의 손을 잡으며 외마디 비명을 질렀다.

"무슨 일이오? 무슨 일이 있었소?" 메카의 주위로 모여든 마을 사람들이 물었다.

"백인들……! 단지 백인들 때문에……" 메카가 대답했다.

그렇게 말하는 메카의 불만에 찬 얼굴이 많은 것을 말해주었다. 메카는 이내 사람들의 특별한 배려 대상이 되었다. 집이 코앞인데도, 누군가가 자신의 튼튼한 어깨 위에 메카를 태우려고 그의 양다리 사이로 자기 머리를 밀어넣었다.

"고맙네, 보모." 다 죽어가는 사람처럼 작은 목소리로 메카가 말했다. "여기까지 간신히 왔지만, 침상까지는 기어갈 수 있네……"

그는 팔다리를 제대로 움직이지 못했다. 그가 걸을 수 있게 사람들이 팔로 부축해주었다.

"더이상 못 걷겠어." 메카가 신음소리를 냈다. "그 백인 놈들 손에 거의 죽을 뻔했어…… 백년 뒤에 죽는다 해도 나는 새 모가지의 감방에서 죽은 거나 마찬가지야……"

"새 모가지의 감방이라고요?" 사람들이 한목소리로 물었다.

"새 모가지의 감방에서," 떨리는 목소리로 메카가 되풀이했다. "거의 무덤 근처까지 갔었지…… 추위 속에…… 추위와 모기떼 때문에 죽을 뻔했어…… 다들 알다시피 나는…… (그가 기침을 시작했다) 나는 폐가 약…… (그가 또 기침을 했다) ……약하잖아……"

"가엾은 켈라라! 가엾은 켈라라!" 아말리아가 울부짖었다. 아말리아가 맨바닥에 몸을 구른 다음 허리에 스카프를 매더니, 두 손을 포개어 머리에 얹고 집 밖으로 뛰어나갔다. 아직 마리고에서 일하고 있는 켈라라에게 소식을 전하려는 것이었다.

그녀의 목소리가 점점 작아지며 집 뒤로 멀어졌다.

"엥감바는 삼촌을 찾으러 갔어요……" 음봉도가 삼촌을 자리에 뉘이면서 말했다. "그 양반이 삼종기도 시간까지 돌아오지 않으면 내가 뒤따라가보기로 했었지요……"

"나는 못 만났는데……" 메카가 꺼져가는 목소리로 말했다.

"그 양반은 큰길로 갔는데." 누군가가 말했다.

"그 양반은 큰길로 갔지." 다른 누군가가 되풀이했다.

한 여자가 켈라라가 살림 도구들을 정리해둔 시렁 밑에서 땔감을 가져와 메카를 위해 피운 불 위에 던졌다.

"추위…… 너무 추워……" 이를 부딪치면서 메카가 신음소리를 냈다. "나는 귀신들한테로 가는 길에서 되돌아온 거야."

메카의 집에는 더이상 들어설 자리가 없었다. 손님들과 마을 사람들이 그의 집을 완전히 점령해버렸다. 남자들은 메카의 침상머리 맨바닥에 모여앉아서 빠뉴 자락을 말아올렸고, 여자들은 이따금 성인의 이름을 불러가며 펑펑 눈물을 쏟았다.

"메카 안 죽었어요! 메카 안 죽었다고!" 갑자기 자리에서 일어난 은띠가 드러난 맨엉덩이 위로 빠뉴를 끌어내리는 것도 잊은 채 소리쳤다. "메카 안 죽었어!" 그가 주위를 둘러보았다.

그는 그제서야 빠뉴를 끌어내렸다. 사람들 사이에서 웅성거리는 소리가 났다. 은띠의 목소리가 한층 더 커졌다.

"지금 여러분이 모두 우거지상을 짓고 있는 바람에 우리한테 진짜 안 좋은 일이 생길 수도 있어요…… 여기서 그런 주술은 시작도 하지 마시오들……!"

"은띠 말이 맞습니다." 음봉도가 거들었다. "그자들이 메카를 산 채로 돌려보냈어요…… 주님을 찬양합시다!"

"닥쳐! 그 더러운 아가리 좀 닥치라고!" 팔꿈치를 괴고 몸을 일으킨 메카가 고함을 질렀다. "나 좀 보시오들!" 그가 계속 말했다. "당신들이 남자라는 표시는 달랑 불알 두쪽밖에 없어요……! 백인들이 조금 전에 나를 죽이면서 나를 비웃었는데, 자네는 지금 주님 타령만 하고 있지! 오래전부터 자네는 주님께 성수를 바쳤지만, 자네 주름살은 사라지지 않았어! 그리고 그런 게 바로 내가 아는 주님이지……!"

"메카 말이 맞아요." 누군가가 동의를 표했다. "주님도 말씀하시기를, 우리는 육신을 구제해야 하며 그 나머지는 주님이 맡아하실 거라고……"

"그 나머지를 구제하도록 주님이 우리를 도와주실 거라고……" 누군가가 바로잡았다.

"누가 앙드레 오브베²⁷ 흉내를 내는 거야?" 메카가 팔꿈치를 괴고 다시 몸을 일으키며 물었다.

"바로 접니다." 앙드레가 대답했다. "예수그리스도오께 영광을……"

"나 좀 가만 내버려둬! 내 집에서 나가!" 메카가 자리에서 일어나며 화를 터뜨렸다.

"마음이 영 편치 않으신 모양입니다." 앙드레 오브베가 빈정거렸다. "흥분이 좀 가라앉으시면 다시 올게요."

오브베가 가버렸다. 집 안에 불안이 감돌았다. 사람들은 메카한테 무슨 일이 있었는지 알지 못했다. 메카가 여전히 같은 사람인지도 알 수 없었다. 착실한 기독교 신자인 메카가 어떻게 주님에 대해 말하는 것을 듣고 싶어하지 않을 수 있단 말인가?

"거의 죽어가고 있는 건지도 몰라." 누군가가 속삭였다.

"그럴지도 모르지." 다른 사람이 대꾸했다.

그리고 착실한 기독교 신자가 임종할 때 흔히 그러듯이, 악의 정령인 사탄이 집 안에 와 있는 것인지도 몰랐다.

집 뒤에서부터 이중창으로 들려오는 한탄 소리가 그런 대화를 중단시켰다. 아말리아가 켈라라와 함께 돌아오는 중이었다. 두 여자는 흐느끼면서 영창하듯 읊조리고 있었다. 모든 사람들이 입을 다물고 두 여자에게 귀를 기울였다.

— 오오오오오 주님!
고통의 물결은
내 두 눈에서

---

27 소설 앞부분에 나오는 이냐스 오브베와 동일인물. 이름이 원래 두개인지 작가의 착오인지 알 수 없다.

큰 바다만큼 눈물 짜냈어요
　온갖 불행과
　내 울음
　내 기도에
　내 목소리 잦아들었지요
　오오오오오 주님!
내 믿음은 그대로인데
그게 바로 내 죄인가요?
　오오오오오 주님!
당신은 내 아이들을 데려갔지만
난 고통 속에서 당신을 찬양했어요
　오오오오오 주님!
난 그저
가련한 흑인 여자일 뿐
　오오오오오 주님!
늙어빠진 내 얼간이
내 검은 왕뱀은 그냥 살게 해주세요
　오오오오오 주님!
내 믿음은 그대로인데
그게 바로 내 죄인가요?

　집 안에서 다른 울음소리들이 두 여자의 흐느낌에 화답했다. 단조로운 절규 소리가 점점 커지면서 손님들의 엉덩이 맨살 밑의 땅바닥을 진동시켰다. 이따금 침을 뱉거나 요란하게 코를 풀 때 말고는 모두가 계속해서 울부짖었다.

아말리아의 부축을 받으며 켈라라가 집 안으로 들어왔다. 그녀가 바닥에 몸을 굴릴 수 있도록 몇몇 손님들이 뒤로 물러났다. 이내 공간이 만들어졌다. 그녀는 전광석화처럼 바닥에 몸을 던졌다. 시렁에서 메카의 침상 머리맡으로, 침상 머리맡에서 암탉들이 잠들어 있는 집 안쪽으로, 그녀가 몸을 굴렸다. 그녀는 두 발과 두 손을 흔들었고, 기었고, 무릎을 꿇었고, 길게 누웠고, 숨을 몰아쉬었고, 침을 뱉었고, 옷을 찢어 늙은 몸을 드러냈고, 요란하게 울었고, 잠시 일어났다가는 한층 더 격렬하게 바닥에 몸을 던졌다. 아말리아와 다른 여자들이 따라했다. 남자들은 마지못해 조용히 하라는 말은 하면서도, 두 눈을 반짝이면서 그 광경을 지켜보았다. 모두의 시선이 에송바의 아내에게 집중되었는데, 그녀는 이제 원피스가 벗겨진 상태에서 두 발로 격렬하게 허공을 걸어찼다.

메카는 두 손을 가슴에 모은 채 멍하니 지붕의 라피아야자 잎을 바라보면서 바닥에 등을 댄 자세로 시체처럼 누워 있었다. 그는 켈라라가 침상 머리맡까지 굴러오면 눈을 감았다가, 그녀의 울음소리가 시렁 밑에서 들리면 눈을 떴다. 그러나 에송바의 젊은 아내 차례가 되어서 그녀가 침상 머리맡에서 몸을 비틀자, 재빨리 돌아누워 곁눈질로 흘낏 그녀를 쳐다보았다.

여자들이 완전히 지쳐서 강가의 악어떼처럼 불가에 길게 누우면서 그 광경이 끝이 났다. 이따금 꺼져가는 목소리로 계속 읊조리는 켈라라의 작은 신음소리가 들렸는데, 그녀는 자기 남편을 자연 속의 온갖 거구들에 비교한 다음, 이제는 누가 자기한테 고슴도치들을 가져다주겠느냐고 한탄했다.

이제는 아무도 우는 사람이 없었지만 은띠가 다시 자리에서 일어났다.

"조용히들 해주시오." 엉덩이 사이에 낀 빠뉴를 잡아빼며 그가 말했다. "많이 울었지만, 계속해서 웁시다…… 그렇지만 우리 마음속에는…… 이런 게 인생입니다."

그가 아무런 거리낌 없이 자기 빠뉴를 풀어헤쳤다가 다시 매었고, 팔을 뻗어 메카를 가리키며 다시 말했다.

"어제 어느 빌어먹을 녀석이 메카가 훈장 하나에 자식들을 팔아버렸다고 말해서 켈라라가 울었을 때, 난 켈라라한테 그런 말은 귀담아들을 필요 없다고 말했어요. 왜냐하면 여기 계신 여러분들 모두 아시다시피……"

은띠가 애매한 몸짓을 하면서 주위를 둘러보았다.

"……여기 계신 여러분, 백인들이 이 나라에 온 이후로 정말 여러분 소유인 게 대체 뭐가 있소? 소유라는 말을 우리 조상들이 썼던 의미 그대로 쓴다면 말이오."

"없어요오오오! 없어!" 사람들이 대답했다.

"그렇다면 뭐요?" 은띠가 계속 말했다. "무슨 일이 벌어지고 있는 거요? 여기 여러분 중에 그 백인의 형제인 사람이 있소?"

"아니요오오오!" 사람들이 좀더 큰 목소리로 다시 대답했다. "없어요!"

은띠가 다시 자리에 앉았다.

"백인들이 보기에는 우리들 중에 어른이 없을지 몰라도," 에송바가 자리에서 일어나며 말했다. "적어도 내 생각에는 은띠가 한 말이 어른의 말이고, 무게가 수천 톤은 나가는 말이오……!"

"나도 그 말을 하려던 참이야." 보모가 에송바의 말을 자르며 끼어들었다. "모든 일에는 다 까닭이 있고……"

"모든 일에는 원인이 있으며," 사람들이 합창하듯 대꾸했다.

"그에 따라 합당한 결과가 생기는 법이지." 에송바가 다시 말을 시작했다. "아이고! 조상님들! 조상님들이 우릴 버렸어! 세상을 떠나신 뒤로 어쩜 이리도 무심들 하신지! 그 양반들은 이제 무덤 속에서 우리의 불행 따위는 안중에도 없어!"

"무심도 하시지……!" 사람들이 한목소리로 따라했다.

"백인들이 이제 무슨 짓을 할지 모르겠어!" 에송바가 말을 이어갔다. "그자들한테는 우리가 숭배하는 것들은 아무것도 중요하지 않아. 우리의 관습, 구전 이야기, 치료법, 우리의 어르신, 이 모두를 그저 자기들이 부리는 원주민 시동의 일처럼 하찮게 여기지…… 그리고 이제는 그자들이 쥐덫 놓듯 우리한테 덫을 놓고 있는 거야…… 그자들이 이제 무슨 짓을 할지……"

"그건 비겁한 짓이지!" 보모가 감히 완전히 일어나지는 못하고 엉거주춤 몸을 숙인 채 거들었다.

"다시 말하지만, 그건 비겁한 짓이오!" 그가 열을 올렸다. "훈장을 준다면서 사람들을 감방으로 유인한다면, 그건 귀 뒤에서 칼로 찌르는 거나 마찬가지야……"

"그래서 결국 뭐요?" 은띠가 울부짖듯 외쳤다. "당신들은 마치 이웃 마을 사람들 이야기하듯 백인들 이야기를 하는구려! 여러분 중에 얼굴이 붉고 할례 안 받은 사람 있소?"

"없지! 없어! 없고말고!" 사람들이 대답했다.

"그런데 뭐요?" 은띠가 계속 말했다. "백인들이 우리하고 비슷한 사람들이기라도 한 것처럼, 여러분들이 백인들 때문에 생긴 일에 놀라는 것 같습니다그려!"

"말 한번 정말 잘했소! 어르신의 말 같네!" 사람들이 한목소리로 말했다. "침팬지는 고릴라의 형제가 아니지!"

"아, 어르신들!" 음봉도가 눈을 내리깔고 빠뉴 자락을 만지작거리며 소심하게 말했다. "제가 여러분들 사이에서 말할 자격이 없다는 건 압니다만, 저도 이미 양의 창자를 먹은 사람입니다[28]……"

"저 사람한테 누가 양 창자를 먹게 해줬어?" 누군가가 끼어들며 언성을 높였다.

"창피한 일이구먼! 창피한 일이야!" 사람들이 비난했다.

사람들 사이에서 불만스러운 웅성거림이 들렸다.

"주름이 있다고 어린 거북이 나이가 든 건 아니잖아? 누가 자네한테 양 창자를 먹게 해줬어?" 사람들이 음봉도를 윽박질렀다.

여기저기서 이러쿵저러쿵 말들이 쏟아져나왔다. 마을 꼴이 어떻게 되는 거야? 어제까지만 해도 천둥벌거숭이로 뜀박질하던 것들이 감히 양 창자를 먹다니! 그것도 일가친척 동의도 없이! 모두가 메카를 떠올리면서도, 사람들은 음봉도가 창자를 먹은 양의 주인이 누구냐고 물었다. 그리고 그 양을 먹은 게 언제야? 모든 사람들이 분노했다. 그러니까 우리 마을에 백인들 흉내를 내는 자들이 있다니까! 얼마나 창피한 일이야! 마을에 알리지도 않고 몰래 양 한 마리를 먹으면서 어린것들한테 창자를 먹게 해주다니!

"오, 음베마족 여러분!" 은띠가 소리쳤다.

"예에에에에에……!" 사람들이 대답했다.

"무슨 일이오? 여러분들한테 내가 묻소! 이렇게, 마치 항문이라도 열린 것처럼, 모두들 무슨 할 말이 그렇게 많냐고!"

그 말에 사람들이 다시 침묵했다.

"우리는 분노로 죽을 각오로 이 자리에 모였소! 내가 분노로 죽

---

28 어른들만이 양의 창자를 먹을 수 있었다.

는다고 말하는 건, 그 할례 받지 않은 작자들이 이번에는 정말 너무 심했기 때문이오. 백인들이 우리한테 불러온 온갖 불행한 일들 때문에 여러분들은 충격받지 않았소?"

"충격받았어요! 충격받았어요! 충격받았어요!" 사람들이 박자를 맞추어 대답했다.

"여러분의 동의 없이 양 창자를 먹었으니, 음봉도는 자기 삼촌들 마을에 가서 숫양을 달라고 해야 합니다. 삼촌들은 그걸 거절할 수 없어요……"

은띠가 죄인을 향해 돌아섰다.

"식탐도 유분수지, 자네는 무슨 식탐이 그 모양이야?"

뿔 은띠의 부은 발을 흘낏 쳐다보며 음봉도가 입속으로 욕설을 웅얼거렸다.

그렇지만 은띠는 어른으로서의 권리를 내세워 계속해서 음봉도를 훈계했다.

"주름이 노인들의 특징이라는 건 모두가 알고 있지. 그렇지만 내 생각에 자네의 주름은 오로지 식탐 때문에 생겨난 거야!"

"예에에에에……" 사람들이 동의를 표시했다.

"오로지 자네 식탐 때문이라고!" 은띠가 계속 열변을 토했다. "그리고 뻔뻔하게도 여기 와서 그걸 실토하다니! 여기 모든 사람들 앞에서, 자네 삼촌들한테 가서 숫양을 가져오겠다고 말하게. 그래야 우리가 자네 얼굴에 침을 뱉을 수 있을 테니까[29]……"

음봉도가 그러겠다고 약속했다…… 그리고 보이지 않는 은띠

---

29 축복, 정화의 표시이다.

의 발을 눈으로 찾으면서 뒤로 물러났다. 은띠가 쪼그려앉으면서 바닥까지 늘어뜨려진 빠뉴 자락 속으로 두 발을 감추어버렸던 것이다.

메카가 신음소리를 냈다. 그의 아내가 화답하듯 따라했다. 우는 여자들이 다시 힘을 내봤지만 너무 지쳐서 더이상 울 수 없었고, 그저 고개를 흔들면서 거친 숨소리만 냈다.

은띠가 다시 일어났다.

"우리는 많이 울었소." 그가 말을 시작했다. "운다고 죽은 사람들이 다시 살아나는 건 아니지만, 우리가 흘린 눈물이 쓸데없는 건 아니오……"

"은띠 말이 맞아요." 누군가가 동의했다.

"메카라는 이름의 어르신한테 일어난 일은 메카를 통해서 우리 모두한테 일어난 일이기 때문에, 우리가 흘린 눈물이 쓸데없는 눈물이 아닐 거라는 말입니다……"

"우리 모두의 일이지! 우리 모두의 일이야!"

그 말이 입에서 입으로 계속 이어졌다.

"누가 또다시 두 눈 뻔히 뜨고 덫에 빠지겠소?" 은띠가 물었다.

"우리는 두더지가 아니오!" 사람들이 대꾸했다.

에송바가 순간적으로 펄쩍 뛰어오르더니 두 발을 허공에 든 채 두 손으로 바닥을 디뎠다. 그렇게 물구나무선 자세로, 두 발로는 허공을 걸어가는 시늉을 하면서 상체를 물결치듯 흔들기 시작했다. 카멜레온의 춤이라 불리는 그 춤에 사람들이 손뼉으로 박자를 맞추었다. 뒤이어 에송바가 등 뒤로 활처럼 몸을 구부렸다가 고무공처럼 튀어오르더니, 두 발로 바닥에 착지했다.

"춤에 완전히 빠졌군! 춤은 저렇게 추는 거야……! 아직 청춘이

구면……! 기술이 기막히네……! 저런 건 매일 볼 수 있는 게 아니야……! 후우우우우우우이이이이! 야아아아아아아!"

모두가 각자의 방식으로 감탄을 표시했고, 배를 깔고 엎드려 있던 메카조차도 자기가 아주 안 좋은 상태에 있다는 것을 잠시 잊은 것 같았다.

춤꾼이 입을 열었다.

"눈물은 종류가 아주 다양하지……"

"하느님의 새들만큼이나!" 사람들이 맞받았다.

"난 내 방식으로 울고 싶어요……" 떨리는 목소리로 에송바가 계속 말했다.

그가 다시 상체를 물결치듯 흔들기 시작했고, 사람들은 손뼉을 치면서 박자를 맞추어 노래했다.

"카멜레온은 두 발로 걷지! 두 발 달린 카멜레온."

에송바가 '흐르르르' 하고 의성어 구절을 읊조리면서 일렁이는 불꽃처럼 몸을 흔들었다. 그가 멈추자 다른 사람이 뒤를 이었다.

"탐탐은 케이폭나무로 만든다네!" 그가 소리쳤다.

"이런저런 이야기하면서 술이나 마십시다!" 사람들이 열렬히 화답했다.

"우리가 이제 중요한 것들을 말하기 시작합니다." 누군가가 말했다.

"하루의 첫번째 말입니다……" 다른 누군가가 말했다. "백인이 또 와서 내가 그 말을 듣지 못하게 방해해보라지!"

"감히 그래 보라지!" 다른 사람이 말했다.

모두가 웃기 시작했다.

"이 집에 술이 있나요?" 보모가 그렇게 묻자 사람들이 문득 조용해졌다.

"아아니요." 켈라라가 희미하게 대답했다. "신부님이……"

사람들이 켈라라의 말을 중간에 끊었다.

"신부! 신부! 맨날 신부 타령이지!" 사람들이 화를 냈다.

사람들은 신부를 쩨쩨한 남자로, 교회에서 마시든 집에서 마시든 아무도 초대하는 법이 없는 술꾼으로 간주했다.

"우리 중 누구 한사람이 가서 종려주 좀 구해오지!" 은띠가 지시했다.

"은띠 말이 맞아! 은띠 말이 맞다고!"

모두의 시선이 메카가 누워 있는 침상을 향했다. 메카가 사람들을 향해 한쪽 팔을 들더니 자기 침상 밑을 가리켰다. 은띠가 개처럼 침상 밑으로 기어들어가더니 등나무 껍질로 만든 바구니 하나를 꺼내서 메카에게 내밀었다. 메카가 손등으로 바구니를 밀쳐내면서, 작은 목소리로 은띠에게 필요한 만큼 가져가라는 말을 했다. 흥분한 은띠가 양미간을 찌푸리며 입가에 미소를 띤 채 바구니 안에 손을 집어넣었다. 그가 바구니에서 천 프랑 지폐 한장과 동전 몇개를 꺼내더니 큼지막한 손바닥 위에서 동전들을 튕겼다.

"이 돈이면 족히 담잔³⁰ 두병은 사겠네…… 누가 개천 건너편까지 빨리 뛰어갈 수 있지? 그 집에 가면 좋은 술이 있을 것 같은데……"

"피피니스³¹ 운전수의 마누라가 하는 가게." 그때까지도 한마디도 하지 않고 있던 뉘아가 부연설명을 했다.

---

30 몸체가 불룩한 호리병박 형태의 술병.
31 피피냐키스를 가리킨다.

그가 자리에서 일어나 은띠에게 손을 내밀자 은띠가 좀더 눈살을 찌푸렸다.

"자네가 술을 사러 간다고?" 별로 내키지 않는 기색으로 은띠가 물었다.

"……"

"좋아! 천 프랑 지폐야. 오년 전에는 여자 한명 사던 돈이지…… 그리고 하나…… (그가 동전들을 뉘아의 손에 하나씩 내려놓으면서 헤아리기 시작했다) 둘, 셋…… 육십 프랑…… 모두들 봤지요, 내가 뉘아한테 천육십 프랑을 건넵니다……"

뉘아는 은띠한테는 눈길도 주지 않고, 그의 입에서 떠나는 법이 없는 콜라나무 열매를 씹으면서 길을 떠났다. 뉘아가 개천 건너편으로 구하러 간 맛 좋은 술을 기다리면서, 이윽고 사람들 사이의 대화가 다시 시작되었다……

3

마침내 사령관 관저 지붕이 안개 속에 윤곽을 드러냈다. 관저에 인접한 언덕 꼭대기에 이르자 엥감바는 걸음의 속도를 늦추었고, 자기가 지금 어디로 가고 있는지 의아해지기 시작했다.

"내가 미쳤어!" 그가 투덜거렸다. "사령관이 부르지도 않았는데 내가 어쩌자고 여기까지 온 거야? 그리고 메카가 아직 그의 집에서 자고 있다면, 지금은 그 사람을 깨우러 갈 시간이 아닌데……"

엥감바는 언덕 꼭대기에서 갑자기 찾아온 요의尿意를 해결하면서 그런 말을 주절거렸지만, 자기가 무슨 말을 하고 있는지 전혀 의식하지 못했다. 빠뉴를 고쳐맨 다음, 그는 다시 한번 촌구석 농부인 자기가 이런 아침 시간에 행정센터 한복판에서 뭘 하고 있는 건지 자문해보았다…… 물론 그는 켈라라에게 호랑이굴에 들어가는 일이 있더라도 반드시 매제를 데려오겠노라고 약속을 했었다. 그러나 그 말은 사람들이 흔히 그러듯이 별생각 없이 한 말이었다.

오늘 아침 켈라라는 교묘하게 그의 자존심을 건드려서 그로 하여금 감옥에 가게 될지도 모르는 이 위험한 모험을 감행하게 만들었다. 그랬다, 감옥에 가기 딱 좋은 짓이었다. 왜냐하면 부르지도 않았는데 백인 구역에 와서 어슬렁거리는 원주민들은 무조건 감옥에 처넣어야 한다는 것이 사령관의 생각이었기 때문이다. 그렇지만 먼저 자신들의 아버지의 무훈을 죽 상기시킨 다음에 자기 오빠 엥감바는 할례도 안 받은 백인 앞에서 오줌을 지리지 않고서는 입도 뻥긋 못 할 거라고 열을 올리는 켈라라의 말을 들으면서, 어떻게 그가 무덤덤할 수 있었겠는가. 엥감바는 켈라라의 말을 반박했고, 자기 아버지의 명예와 성부 성자 성신을 걸고 동생에게 약속했다. 자기가 사령관한테 직접 가서 사령관 자신이 훈장을 준 바 있는 메카를 도대체 어떻게 한 거냐고 물어보겠다는 약속이었다.

마침내 그는 사령관 집무실 앞에 도착했다. 엥감바는 자신의 시도가 참으로 어리석은 짓이라는 것을 깨닫기 시작했다. 그자들은 무슨 일로 왔는지 물어보지도 않은 채 엥감바 같은 사람들을 관저 베란다에서 다짜고짜 체포하곤 했다. 그렇게 체포된 사람들은 임의의 기간 동안 감옥에 갇혀 있어야 했…… 그래서 그 어떤 원주민도 관저에 인접한 그 언덕 꼭대기에 감히 발을 들여놓지 못했다.

"두 눈 뻔히 뜨고 덫에 빠질 수는 없지……" 왔던 길로 되돌아면서 엥감바가 큰 목소리로 말했다. "우리 조상들이 말씀하시길, 여정의 끝에서 너의 심장이 뛰기 시작하거든 왔던 길로 되돌아가라고 그랬지……"

그렇게 해서 엥감바는 저 아래 원주민 구역의 집들이 내려다보이는 언덕을 다급하게 내려가기 시작했다. 언덕이 더이상 보이지 않을 때까지 걸음을 옮기던 그가 경계석 위에 주저앉았다. 그는 온

몸에 빠뉴를 뒤집어쓴 채, 콜라나무 열매 하나를 깨물어 먹으면서 누구든 행인이 지나가기를 기다렸다. 거의 체념하기 시작하던 무렵에 사람 그림자 하나가 안개 속에 나타났다. 그 그림자는 유럽인 구역을 향해 가고 있었다.

"이보시오, 길 가는 양반!" 그 사람이 가까이 왔을 때 엥감바가 소리쳤다. "좋은 아침입니다!"

"안녕하시오! 좋은 아침입니다!" 모직 담요로 몸을 두른 행인이 대꾸했다.

그가 엥감바에게 다가왔다.

엥감바가 넷으로 쪼갠 콜라나무 열매 조각 하나를 내밀자 행인이 입김을 내뿜으며 자기 입안으로 던져넣었다.

"백인들이 우리를 아주 멀리 데려갈 거요!" 엥감바가 말문을 열었다. "따뜻한 불가에 있어야 할 지금 이 시간에, 내가 이 경계석 위에서 오들오들 떨고 있는 건 내가 더이상 내가 아니기 때문이오……"

"그래요…… 당신은 더이상 당신이 아니네요……" 행인이 담요 자락을 좀더 바싹 여미면서 맞장구를 쳤다. "카멜레온이 야윈 걸 보고도 어디 아프냐고 묻는 건 쓸데없는 일이지요."

"이 백인들의 세상에선 모든 게 변하고 있어요……" 엥감바가 말을 이었다. "사람들이 정령들처럼 투명인간이 되어서 감쪽같이 사라집니다…… 내가 찾고 있는 사람은 내 누이와 결혼한 사람이에요. 어른이죠. 진짜 어른이에요. 길손은 혹시 훈장을 단 어른 한 사람을 보지 못했소……?"

"제 어머니를 걸고!" 행인이 대답했다. "당신이 말하는 그 어른을 나는 보지 못했어요…… 그렇지만 만약 보게 되면, 훈장 때문에 그 사람이라는 걸 알 수 있겠네요…… 그 사람한테 말하리다, 다른 어른 한사람이 이정표석 위에 앉아 기다리고 있더라고요."

"대로변에 있는." 엥감바가 부연했다.

"대로변에 있는." 작별인사를 하면서 행인이 되풀이했다.

"네, 맞아요! 네, 맞습니다!" 엥감바가 기운을 내어, 행인의 모습이 사라질 때까지 같은 말을 되풀이했다.

그런 식으로 엥감바는 안개 속에 유럽인 구역을 향해 위험한 길을 나선 몇 안되는 행인들에게 말을 걸었다.

인내심을 가지고 기다릴 수 있게 해주던 콜라나무 열매가 바닥이 나자 엥감바는 일어서서 다시 귀로에 올랐다. 그는 켈라라에게 할 말을 생각해냈다. 그건 어려운 일이 아니었다…… 전날 훈장을 받았고 사령관의 관저에 초대를 받았던 메카 같은 신분의 어른이 어디에 있을지는 쉽게 짐작할 수 있는 일이었다. 메카는 그야말로 백인들과 함께 먹고 마시는 특권을 가진 몇 안되는 원주민들 중 하나였다…… 그가 마을로 돌아오지 않았다면 그건 사령관이 관저에 그의 잠자리를 마련해주었기 때문이다. 따라서 공연히 노심초사할 이유가 없었다.

온통 생각에 몰두한 채, 엥감바는 민첩한 발걸음으로 다시 걷기 시작했다. 마을에 도착했을 때, 그는 안마당의 잔해더미에 사람이 아무도 없어서 놀랐다. 메카의 집 안이 온통 시끌시끌해 보였다. 지금 벌어지고 있는 잔치에서 자기 몫의 음식을 챙길 수 있을지 걱정하면서 발걸음을 재촉했다…… 마침내 문틀 아래 섰을 때, 엥감바는 켈라라가 내지르는 날카로운 울음소리에 아랫배가 아파왔다. 그가 자신의 두 발에서 녹작지근한 피로를 느끼고 있을 때, 여자들이 울기 시작했다.

"무슨 일이야? 무슨 일이야?" 가슴을 옥죄는 불안감에서 벗어나기 위해 그가 두번이나 고함을 질렀다.

사람들의 눈물만이 대답으로 돌아왔다. 그는 집 안으로 달려들어갔고, 몇몇사람들의 발을 밟으면서 메카가 누워 있는 침상 쪽으로 다가갔다.

"백인들이 저 사람을 죽일 뻔했어!"맨엉덩이를 드러내며 다시 자리에서 일어난 뽈 은띠가 설명해주었다. "우리 모두 그 사람하고 같이 울려고 온 거야……"

엥감바가 침상 가장자리에 걸터앉자 메카가 한숨을 내쉬었다.

"무슨 일이 있었던 거야?"울먹울먹한 목소리로 엥감바가 물었다. "내가 관사까지, 그래, 관사까지 갔다 왔다네. 자네한테 무슨 일이 있었는지 알아보려고……"

그 말이 사람들 사이에 작은 동요를 불러일으켰고, 집 한가운데로 가서 선 엥감바를 모든 사람들이 머리 둘 달린 괴물 바라보듯 놀란 시선으로 쳐다보았다.

"난 지금 사령관 관저에서 오는 길이오."그가 다시 말하기 시작했다. "묵직한 불알 두쪽을 갖지 않은 사람은 감히 발을 들여놓을 수 없는 곳에서 말이오……"

그 말에 사람들이 작은 웅성거림으로 화답했다. 믿지 못하겠다는 듯 의심하는 태도를 눈치채고, 엥감바가 재빨리 아말리아를 향해 돌아섰다. 그가 계속해서 말했다.

"당신들 모두 여기서 지금 뭘 하고 있는 건지 모르겠소. 내가 보기에 메카가 아직 죽은 건 아닌데 말이오!"

그가 메카의 침상 쪽으로 돌아서자 메카가 기지개를 켰다.

"저 사람한테 닥친 불행, 그리고 우리 모두한테 닥친 불행 때문에 우리는 모두 하던 일들을 내팽개쳐두었소. 도대체……"

"우리는 백인들처럼 남의 불행을 나 몰라라 하는 사람들이 아니오……" 이번에는 제대로 빠뉴를 끌어내린 은띠가 대꾸했다. "우리는 저 사람하고 같이 울려고 왔어요." 은띠가 계속 말했다.

종려주가 담긴 담잔 한병을 머리에 이고 다른 한병은 등에 진 바구니에 담은 채, 뉘아가 집 안으로 들어왔다.

"이 술은 어디로 가는 거야?" 엥감바가 소리쳤다.

"……"

뉘아가 집 한복판에 짐을 부려놓고, 시렁 위에 있는 컵을 가지러 갔다.

"당신들, 여기가 멍청한 바보 집인 줄 아시오?" 엥감바가 화가 나서 물었다. "도대체 당신들은 어떤 사람들이오? 메카가 백인들한테 훈장을 받으러 갔다가 초주검이 되어서 돌아왔는데, 이 상황에 그저 저 사람을 벗겨먹을 생각만 하다니!"

"벗겨먹다니! 아니지! 이건 관습이에요! 관습이라고요!" 사람들이 반박했다.

은띠가 모두를 대신해서 말하려고 자리에서 일어났다.

"자네 그 늙은 엉덩이는 이제 정말 지겨워!" 누군가가 은띠를 향해 소리쳤다.

모두가 웃음을 터뜨렸고, 엥감바도 조금 전까지 화내던 것을 잊고 함께 웃었다. 이윽고 다시 조용해지자 은띠가 말을 시작했다.

"여기 있는 우리는 모두 음베마족이고, 우리 조상들은 불행한 일이 닥치면 지금 우리가 하고 있는 것처럼 행동했어요. 백인들이 우리한테서 메카를, 우리에게 너무나 소중한 메카를 앗아갈 뻔했잖아요…… 이건 예삿일이 아니에요…… 울어야 한다면 울어야지요,

우리 조상들이 물려준 원칙대로.”

“은띠 말이 맞아요!” 누군가가 동의를 표시했다.

“은띠는 어른이야!” 다른 누군가가 거들었다.

“저 사람이 중요한 걸 말하고 있어!”

“중요한 거지!”

“음베마족의 지혜야!”

“은띠는 큰일 할 사람이야⋯⋯”

엥감바가 두 눈을 부라리며 자기 빠뉴를 요란하게 걷어올렸다. 그가 씩씩거리며 뛰어가더니 자기 침상 밑에 삐죽이 삐져나와 있는 투창을 가져와서 바닥을 세번 두드린 다음, 조용히 하라고 말했다.

“엥감바가 말할 차례요.” 은띠가 말했다.

“조용히들 하시오!” 에송바도 거들었다. “이 집에는 이제 어른도 없소?”

기침소리가 몇번 나더니 완전히 조용해졌다. 엥감바가 투창의 손잡이로 다시 한번 힘껏 내리쳐서 바닥에 흠집을 냈다. 모두의 시선이 그를 향했다.

“어른들이든 아이들이든,” 엥감바가 입을 열었다. “도대체 이 집에서 무슨 일이 벌어지고 있는 건지 모르겠소⋯⋯”

아직은 어떤 결론으로 이어질지 알 수가 없었기 때문에, 아무도 그 말에 반응하지 않았다.

“당신들은 메카한테 백인들이 저지른 못된 짓거리에 분노하기는커녕, 멍청한 말들이나 늘어놓으면서 그저 종려주 마실 생각밖에는 안하는군요! 나는 당신들이 어떤 사람들인지 도무지 모르겠소!”

엥감바가 왼쪽 입꼬리가 거의 광대뼈 높이까지 치켜올라가게 경멸의 표정을 지으면서, 단호하고 냉정한 목소리로 말했다.

"말 한번 정말 잘하네!" 이미 술 한잔을 마신 뉘아가 입술을 핥으며 요란하게 동의를 나타냈다.

"자네 다리 사이에 낀 그 술병 좀 닫게! 닫으라고! 당신들 모두 대체 여기가 어딘 줄 아는 거요?" 엥감바가 고함을 쳤다. "코끼리 사체라도 발견했소?"[32]

"진정하게! 진정해!" 은띠가 끼어들었다. "진정 좀 하게. 어른은 그렇게 말하는 게 아니지……"

"그 더러운 아가리 좀 닥치게!" 엥감바가 소리쳤다. "어떻게 저런 것도 사람이라고!" 그가 왼손 새끼손가락으로 얼이 빠진 은띠를 가리키면서 덧붙였다. "벌써 이십년 전부터 자네는 메카 앞에 앉아서, 식사는 물론이고 한 여자가 자기 남편의 입에 들어가게 해줄 수 있는 가장 작은 것들까지도 나누어 먹었지! 나는 이렇게 사방에 음보그시들이 있는 줄은 몰랐어! 아이고, 아버지!"

자기한테 무슨 일이 벌어지고 있는지 미처 깨닫지도 못한 채 쪼그리고 앉아 있던 은띠의 입술이 분노로 파르르 떨렸다. 그는 몸을 쭉 펴서 뛰어오르고 싶었지만, 상피병 때문에 바닥에 들러붙은 채 꼼짝할 수 없었다. 엥감바 쪽을 향해 허공에 궤적을 그리던 그의 엉덩이는 아무 일 없이 다시 바닥에 내려앉았다. 목구멍에서부터 올라오는 고함소리와 함께 은띠가 자기 앞에 침을 뱉자, 사람들이 웅성거렸다. 싸움을 말리려는 사람들의 억센 팔이 은띠를 제지

---

32 '드문 행운'을 가리키는 비유적 표현.

하는 동안, 엥감바는 비아냥거리는 시선으로 은띠를 노려보았다.

"어른은 싸우지 않는 거요!" 사람들이 소리쳤다. "대체 이게 뭐 하는 거요! 대체 언제부터 어른이 쌈박질을 하게 되었소? 이건 정말 창피한 일이오! 창피한 일이라고······!"

"진정해요, 뽈! 당신하고 이름이 같은 성인처럼³³ 성질 좀 부리지 말고!"

"아이고, 하느님 맙소사!"

"제발, 나 좀 놓아줘요! 놓아달라고!" 자기를 잡고 있는 사람들의 억센 팔에서 빠져나오려고 애쓰면서 은띠가 씩씩거렸다. "놓아줘요!"

"그 사람 놓아줘요, 어찌 되나 구경이나 좀 합시다!" 누군가가 빈정거렸다. "은띠는 이제 정말 짜증나!"

"닥쳐요!" 다른 누군가가 그 사람에게 소리쳤다. "은띠는 아무 짓도 안했어요, 문제는 저 촌뜨기 흑인이······"

"저 사람 말 들을 필요 없어요!" 누군가가 말을 잘랐다.

"정말 자네 같지 않네, 뽈! 혈기가 넘치는군! 젊은 사람인 줄 알겠어! 틀림없이 자네는 아직도 많은 일을 할 수 있을 거야."

"나 좀 놓아줘요!" 은띠가 발버둥 치며 힘겹게 말했다. "나는 남들이 나를 함부로 대하는 거 정말 싫어요······"

"주님도 죽을 지경이 되도록 사람들한테 모욕당하고 두들겨 맞았지!" 에송바가 말했다.

"됐어요! 됐어! 당신들이 하라는 대로 할게요." 은띠가 두 팔을 가슴 위로 모아 팔짱을 끼면서 말했다. "시키는 대로 하겠다고

---

33 사도 바울을 가리킨다.

요……"

누군가가 그에게 콜라나무 열매 하나를 내밀었고, 또다른 누군가는 코담배를 주었다…… 은띠는 사람들이 자기한테 신경을 써주는 것에 못내 흡족해져서, 뒤꿈치로 쪼그려앉는 대신에 늘 하는 것처럼 바닥에 엉덩이를 깔고 앉았다. 집 안이 다시 조용해졌다.

왼발을 건들거리면서 엥감바는 자기 발치께에 모인 사람들을 지그시 바라보았다. 옛날의 진짜 남자들, 용맹스러웠던 남자들은 다 어디로 갔는가……? 저 개떼 같은 무리에게 어떻게 관심을 가질 수 있단 말인가? 저들도 남자들인가? 그가 침을 뱉었고, 침이 자기 발 위에 떨어지려 하자 재빨리 발을 치웠다…… 그는 혐오감 때문에 얼굴 왼쪽이 치켜올라가도록 잔뜩 찌푸린 표정으로 한사람씩 차례차례 사람들을 둘러보았다. 그랬다, 메카와 함께 울러 왔다고들 하는 그 사람들은 개떼에 지나지 않았다. 그들에게는 모든 것이 먹을 것과 마실 것을 요구하는 구실에 지나지 않았다. 엥감바의 시선이 무리 지어 앉은 사람들을 차례로 지나쳐서 메카가 누워 있는 침상에까지 이르렀다. 그의 찌푸린 표정이 사라졌다.

"우리도 참 가련한 신세로고!" 그가 고개를 숙이며 말했다. 그 말은 사람들의 웅성거림 속에 묻혀버렸다.

"음베바족 여러분! 음베마족 여러분!" 엥감바가 고함을 질렀다. "모두들 백인이 되어버렸소? 이제는 농담도 알아듣지 못하는군요!" 그가 어색한 미소를 지으며 말했다.

그 말에 사람들의 마음이 밝아졌다. 제일 먼저 뿔 은띠가 자기 발과 엥감바의 찌푸린 얼굴을 조롱거리로 삼아 웃음을 터뜨렸다. 사람들은 메카를 놀렸다. 몇몇 익살꾼들이 자신들이 상상해본 대로 훈장수여와 수감 장면을 흉내 냈다. 요란한 웃음소리가 계속 이어지는데 누군가가 탄식을 내뱉었다. "아, 백인들!" 그 말에 침묵이 뒤따랐고 사람들의 얼굴이 다시 심각해졌다. 엥감바가 몇몇사람들의 머리를 뛰어넘어 메카의 침상 쪽으로 향했다.

"당신 불알에서 나한테 먼지 떨어지겠어요!" 누군가가 소리쳤다.

"내 불알은 백인 불알이야." 그가 웃으며 대꾸했다. "그럴 위험이 없어요."

모두가 웃었다…… 그리고 메카의 집에서는 거칠고 상스러운 농담들이 자연스럽게 계속 이어졌다. 메카가 벽 쪽으로 몸을 굴려서 엥감바에게 자리를 만들어주었고, 엥감바는 빠뉴를 걷어올리면서 아무 생각 없이 메카의 머리 위에 앉을 뻔했다. 메카가 뭔가 알아들을 수 없는 말을 하면서 한번 더 몸을 굴렸다. 엥감바가 투창을 침상 밑으로 밀어넣으면서 큰 소리로 탄식했다.

"저것들은 쓸모가 없어졌어." 그가 턱으로 투창을 가리키며 말했다. "아무짝에도……"

"그래, 맞아!" 뽈 은띠가 심각하게 말했다.

엥감바가 우울하게 고개를 주억거리더니 손바닥으로 얼굴을 문질렀고, 물끄러미 앞쪽을 바라보았다.

"저기, 주리앙 사람들이 메카가 백인들 우두머리한테 훈장을 받았다고 나를 부러워하는 걸 생각하면……" 엥감바가 생각에 잠긴 채 웅얼거렸다.

뽈 은띠가 먼저 고개를 끄덕이자, 그 동작이 사람들 사이로 퍼져나가 집의 다른 쪽 끝에 있는 시렁 근처의 뉘아한테까지 이어졌다.

"그 백인들이 정확히 우리한테 뭘 원하는 건지 모르겠어……" 엥감바가 다시 입을 열었다. "그자들은 메카의 모든 것을 앗아갔어…… 땅…… 아들들……"

여자들이 한목소리로 우는 소리를 냈다. 조용해지자 엥감바가 다시 말을 이었다.

"……모든 걸…… 모두……"

"내가 자네 파이프에 불을 붙이겠네."[34] 은띠가 여전히 맨엉덩이를 드러낸 채 자리에서 일어나며 말했다. "이 나라에서 우리가 가진 게 뭐요? 대답들 해보시오! 아무것도 없어요! 아무것도! 심지어는 그자들의 선물을 거절할 자유도 없다니까!"

은띠가 다시 자리에 앉았다.

"거절할 자유조차도!" 에송바가 되풀이했다. "그럴 자유조차도……"

그 말이 집 안을 한바퀴 돌았다.

"어쨌든 메카한테는 그 빌어먹을 훈장을 아주 우습게 여긴다는 걸 보여줄 수 있는 방법이 있었어요!" 에송바가 말했다. "틀림없이 방법이 있었는데……"

"어떤 방법? 어떤 거? 어떤 방법?" 사람들이 다그쳤다.

에송바가 자리에서 일어나더니 목청을 가다듬으면서 장난스럽게 주위를 둘러보았다. 그가 폭소를 터뜨렸다. 몇몇이 따라 웃었고, 이내 모두가 웃음을 터뜨렸다. 에송바가 손가락으로 자기 눈꺼풀을 문질렀다.

"내가 이따금 이런 생각들을 어떻게 할 수 있는 건지 모르겠어요…… 어쩌면 내가 거북이 고기를 너무 좋아하기 때문인지도 모르죠!" 그가 미소를 지으며 말했다.

---

34 "내가 자네 말을 이어서 하겠네"라는 뜻이다.

그가 다시 진지해졌고 입가에서 미소가 사라졌다.

"그래요, 메카는 그자들이 주려던 훈장을 똥으로 여긴다는 걸 보여줄 수 있었을 거예요. 그곳에 갈 때…… 아무것도 없이 빌라[35]만 걸치고 갔으면요!"

몇몇 사람들의 얼굴이 찌푸려졌다. 아무도 그의 말을 이해하지 못했다. 에송바는 다시 웃음을 터뜨렸지만 이번에는 아무도 따라 웃지 않았다. 집 한복판에서 포복절도하며 웃느라, 에송바는 손바닥으로 자기 허벅지를 때려가며 몸을 제대로 가누지 못했다. 허리가 꺾이는 웃음의 발작 속에서 그가 도대체 뭐라고 말하는지 듣기 위해서 사람들은 손바닥을 자기 귀 뒤에 가져다대야 했다.

"내…… 내가…… 빌라를 입었어야 한…… 한다고 말한 건…… 그렇게 했으면…… 백인들 우두머리가…… 몸을 숙였을 것이기 때문이오…… 훈장을 그의…… 빌라…… 빌라 위에 걸기 위해서……!"

오랫동안 갇혀 있다가 맹렬하게 둑을 무너뜨리는 부글거리는 물처럼 웃음이 터져나왔다. 웃음소리는 집 밖으로 터져나와 한가롭게 바퀴벌레들을 뒤쫓아다니던 가금들을 겁먹게 만들었고, 가톨릭 선교단의 공동묘지 뒤로 사라졌다. 선교단에서 성무일과서를 읽고 있던 방데르메이에르 신부가 욕설을 내뱉었다.

메카의 집에서는 유례없는 광경이 펼쳐졌는데, 모두가 뭔가에 사로잡히기라도 한 것 같았다. 사람들은 고함치고, 발을 구르고, 딸꾹질을 하고, 숨이 막혀서 헐떡거렸다…… 눈물을 닦느라 잠시 멈추었다가도, 사람들은 이내 더한층 시끄럽게 다시 웃음을 터뜨렸

---

35 성기 부위를 가리는 앞가리개.

다. 이윽고 몸에서 웃음이 모두 빠져나가자, 이번에는 논평이 이어졌다.

"그것참 기막힌 생각이야!" 오른쪽 팔뚝으로 눈을 문질러 닦으면서 엥감바가 말했다. "여기서도 훤히 보여!" 그가 계속 말했다. "메카의 맨가슴에 훈장을 걸지 못하는 백인들 우두머리 말이야!"

"그리고 훈장을 거시기에 걸기 위해 몸을 숙이는 모습 말이지?" 은띠가 너털웃음을 치면서 물었다.

모두가 그의 아랫도리를 내려다보았다. 여자들이 다시 웃음을 터뜨렸다.

"나는 그 비슷한 건 아무것도 생각해낼 수 없는 사람이어서 유감이오." 메카가 말했다. "젊어서 거북이 고기를 먹지 않은 것도 유감이고…… 모두들 술이나 드시오!"

대화가 다시 무르익는 가운데 뉘아가 종려주를 한잔 더 따랐다.

"내가 당신들을 독살했다는 말은 듣고 싶지 않거든……" 그가 잔을 비우면서 말했다. "에송바는 정말이지 인간 거북이라니까!" 그가 메카에게 술 한잔을 건네면서 말했다.

"거북의 화신이지!" 메카가 술잔을 입으로 가져가며 말했다.

술잔이 손에서 손으로 건네졌다. 담잔 병을 채우고 있던 젖빛 액체가 눈에 띄게 줄어들었다. 병들이 완전히 비었을 때 술을 마신 덕분에 다시 기운을 차린 메카가 자리에서 일어났고, 부축할 필요는 없었지만 엥감바가 그의 팔을 잡았다. 두 사람은 집 한가운데로 나아갔다.

"여자들은 마리고로 가고, 남자들도 하던 일들을 하시오…… 이미 엎질러진 물은 담을 수 없는 법이고, 백인들은 여전히 백인들이오……" 메카가 측은한 눈길로 주위 사람들을 둘러보며 말했다.

"아마도 언젠가는……"

"맹세코, 내 어머니의 이름을 걸고!" 엥감바가 말을 받았다. "밤 쥐는 어둠속에서 자기한테 일어나는 우여곡절들을 이야기하지 않는 법![36] 사람은 나고 또 죽는 법이니…… 맹세코! 저 백인들 때문에 세상이 결국 어떻게 될까나?"

메카의 친구들이 차례차례 자리를 떴다. 모두들 빠뉴를 흔들어 안을 턴 다음, 기지개를 켜며 안마당 쪽을 향해 갔다. 메카는 베개로 쓰는 라피아야자 나무 횡목 위에 앉아 있었는데, 모두들 그에게는 눈길도 주지 않았다. 은띠와 엥감바만이 남아 있었다.

"주리앙 사람들한테는 뭐라고 말하지?" 고개를 설레설레 흔들며 아말리아의 남편이 말했다. "아이고! 조상님들…… 하늘에 닿을 정도로 고개를 빳빳이 쳐들고 마을을 나섰는데…… 자네한테 이런 일이 벌어졌으니, 나는……"

"이제 그 일은 전혀 개의치 않아요." 엥감바의 말을 자르며 메카가 벽에 침을 뱉었다.

연이어 하품을 하면서 그가 혼잣말처럼 덧붙였다.

"이제 나는 그저 노인네일 뿐이에요……"

<hr>

[36] 아프리카의 속담.

식민 지배의 모순과 폭력성을 풍자하다

프랑스어권 흑아프리카 소설의 고전

카메룬 작가 페르디낭 오요노(Ferdinand Oyono, 1929~2010)가 1956년에 출간한 소설『늙은 흑인과 훈장』은 프랑스어권 흑아프리카 문학 고전 중의 하나이다. 그가 쓴 또다른 작품인『어느 보이의 일생』(*Une vie de boy*)도 1956년에 출간되었고('보이'는 프랑스의 흑아프리카 식민지에서 '원주민 시동'을 가리키던 표현이다), 그의 세번째 소설이자 마지막 소설인『유럽으로 가는 길』(*Chemin d'Europe*)이 출간된 것은 1960년이다.『어느 보이의 일생』은 식민지 지역 사령관의 보이로 일하다가 부당하고 비극적인 최후를 맞이하게 되는 한 흑인 소년의 시선을 통해 억압과 차별에 기초한 식민지 사회의 인간관계를 비판적으로 묘사하고 있고,『유럽으로 가는 길』은 가톨릭 선교단이 운영하는 신학교에서 퇴학을 당한 흑인 젊은이가 이런저런 직업을 전전하다가 마침내 유럽으로 가는 것만이 자기 삶의 유일한 출구라는 인식에 도달하는 과정을 그리고 있다. 어쨌든 이 세편의 소설로 오요노는 프랑스어권 흑아프리카 문학의 고전 작가가 되었다. 그런데 이 말은 조금 어색하게 들릴 수도 있다. 1950년대에 발표된 작품들이 흑아프리카 문학의 고전이고, 그 작가가 고전 작가라니 말이다.

'카메룬 작가 페르디낭 오요노'라는 표현으로 이 글을 시작하긴 했지만, 사실 어떤 의미에서 오요노는 카메룬 작가라기보다는 '프랑스어권 흑아프리카 작가'이다. 과거에 프랑스의 식민 지배를 받은 사하라 이남 아프리카 나라들의 프랑스어 문학은 일반적으로 개별 국민문학이 아니라 프랑스어권 흑아프리카 문학이라는 하나의 범주로 뭉뚱그려져왔기 때문이다. 그리고 그렇게 뭉뚱그려진 프랑스어권 흑아프리카 문학의 출발점이 바로 1930년대의 네그리뛰드 문학이었고, 프랑스어권 흑아프리카 문학의 첫 고전 작가들은 네그리뛰드의 대표 시인인 에메 쎄제르(Aimé Césaire)와 레오뽈드 쌍고르(Léopold S. Senghor)였다. 다만 네그리뛰드는 시인들이 주도한 문학 운동이었고, 에메 쎄제르의『귀향 수첩』(*Cahier d'un retour au pays natal*, 1939)은 프랑스어권 흑아프리카 시문학의 첫번째 고전이 되었다. 소설문학의 첫번째 고전들이 등장하는 것은 1950년대의 일이다.

물론 1950년대 이전에 흑아프리카 작가들이 프랑스어로 써서 발표한 소설들이 없었던 것은 아니다. 예컨대 베냉 출신의 펠릭스

꾸초로(Félix Couchoro)가 1929년에 발표한 소설 『노예』(*L'esclave*)
에는 '최초의 흑인 원주민 소설'이라는 꼬리표가 붙어 있고, 쎄네
갈의 우스만 쏘세(Ousmane Socé)가 1935년에 발표한 소설 『카림』
(*Karim*)도 비교적 높은 문학적 평가를 받았다. 다만 1954년에 에
자 보또(Eza Boto)라는 이름으로 『잔인한 도시』(*Ville cruelle*)를 발
표한 카메룬의 몽고 베띠(Mongo Beti), 1956년에 『늙은 흑인과 훈
장』을 발표한 페르디낭 오요노, 1960년에 『하느님 세계의 천민들』
(*Les bouts de bois de Dieu*)을 발표한 쎄네갈의 우스만 쌍벤(Ousmane
Sembène), 1962년에 『모호한 모험』(*L'Aventure ambiguë*)을 발표한
쎄네갈의 셰이끄 아미두 깐(Cheik Hamidou Kane) 등의 작가들을
통해 탈식민주의적 현실 비판이라는 미학의 기본 원리가 프랑스어
권 흑아프리카 문학의 가장 주요한 특징으로 정착하게 되었고, 그
럼으로써 그들의 문학 또한 프랑스어권 흑아프리카 문학의 첫번째
고전으로 자리 잡게 되었던 것이다.

　그들은 식민 지배의 폭력성과 비인간성, 식민지 흑인들의 소외
에 대한 고발과 비판을 아프리카 흑인 작가의 역사적 의무로 간주
하였다. 예컨대 몽고 베띠는 아프리카 흑인 작가의 소설은 리얼리
즘 소설, 사회소설일 수밖에 없다고 주장하였다. 그리고 그들의 작
품들을 통하여 확립된 그러한 저항과 참여의 모랄, 넓은 의미의 리
얼리즘 문학 전통은 독립 이후의 프랑스어권 흑아프리카 문학에서
도 주된 경향 중의 하나로 남았다.

식민지 흑인의 영광과 비참

사실 오늘날의 관점에서 볼 때, 『늙은 흑인과 훈장』이 우리의 인식 앞에 드러내 보여주는 세계는 상당히 낯설다. 반세기 전 프랑스 식민 지배를 받던 시절의 카메룬 전통 사회를 무대로, 식민 지배의 억압적 폭력성과 모순에 의해 실추되어가는 아프리카 흑인들의 삶과 내면 풍경을 보여주고 있기 때문이다. 그럼에도 불구하고 식민 지배자와 피지배자 사이의 모순과 부조리를 형상화한 고전적인 작품 중의 하나라는 사실에는 변함이 없다.

메카는 맨머리에 양팔을 몸에 붙인 채 바닥에 석회로 그려놓은 원 안에 부동자세로 서 있었다. 백인들 우두머리가 도착할 때까지 그 원 안에서 기다리라는 지시를 받았던 것이다. 위병들이 그의 동족들을 간신히 제지하여 그의 뒤쪽에 무리 지어 있게 했다. 맞은편, 푸꼬니 씨의 집무실 베란다 그늘 속에 있는 백인들 중에서 메카가 알아본 사람은 수단을 입고 검은 수염을 기른 방데르메이에르 신부뿐이었다. 메카에게 그 백인들은 영양들이나 마찬가지였다. 모두 얼굴이 똑같아 보였다.

메카는 사람들이 자기를 지켜보고 있다는 것을 아는 짐승처럼, 머뭇머뭇 주위를 둘러보았다. 코끝에 맺힌 땀방울을 손바닥으로 닦아내고 싶은 것을 간신히 참았다. 그는 자신이 아주 낯선 상황에 처해 있다는 것을 깨달았다. 그의 할아버지도 그의 아버지도, 규모가 작지 않은 그의 집안의 그 누구도, 석회로 그은 원 안에 서 있어본 적은 없었다. 다시 말해서, 처음 이 나라에 왔을 때 '유령'이라고 불렸던 사람들의 세계와 자신이 속한 세계, 그 두개의 세계 사이에 서 있어본 적이 없었다. 그는 지금 자기 세계의 사람들과 같이 있는 것도 아니었고 다른 세계의 사람들과 같이 있는 것도 아니었다. 지금 자신이 뭘 하고 있는 건지 알 수 없었다. (105~106면)

소설 2부의 시작 부분인데, 백인들의 '최고 우두머리'로부터 훈장을 받는 영광을 누리게 된 소설 주인공 메카가 훈장 수여식이 시작되기를 초조하게 기다리는 장면이다. 메카는 늙은 흑인 농부다. 그는 마을에서 제일가는 부자였지만 독실한 신앙심 때문에 조상들로부터 물려받은 땅을 가톨릭 선교단체에 기부하였고, 아들 둘은 유럽에서 벌어진 전쟁(2차 세계대전)에 프랑스 병사로 내보냈다가 아주 저세상으로 보내버린 노인이다. 그리고 바로 그런 희생을 댓가로 프랑스대혁명 기념일에 프랑스 정부가 주는 훈장을 받게 된 인물이다. 말하자면 그는 아프리카 전통사회에서 남부럽지 않은 영광을 누리며 살았지만, 백인들의 권력이 지배하는 새로운 세상에서 예전의 영광을 포기하는 댓가를 치르고 새로운 시대의 새로운 영광을 누리고자 하는 희망에 부풀어 있는 인물인 셈이다.

그런데 위의 인용과 그뒤에 이어지는 부분에서 우리가 일차적으로 확인할 수 있는 것은 역설적이게도 식민 지배자의 폭력적 논리와 질서를 완전히 내면화해버린 식민지 흑인의 소외된 정신세계이다. 그는 식민지 관리들의 지시에 따라 백인들의 최고 우두머리가 도착할 때까지 작은 원 안에 부동자세로 서서 한낮의 뜨거운 열기를 견뎌내고 있다. 차렷 자세를 유지하느라 얼굴에 흘러내리는 땀방울을 감히 닦아내지도 못할 정도이니, 이 장면의 메카는 거의 꼭두각시에 가깝다. 그리고 바로 그런 점에서 그는 뿌리 뽑힌 인간이고, 인간으로서의 존엄이나 주체성을 상실한 인간이며, 조금 과장해서 말하자면 '짐승'처럼 비루해진 인간이다.

사실 소설의 시작 부분에서부터 침상 옆에 무릎을 꿇고 아침 기도를 드리는 메카 부부를 화자는 '등짐 싣는 낙타들'에 비유한다. 19세기 이래로 프랑스의 식민 지배를 정당화하는 논리로 흔히 사용되었던 프랑스대혁명의 이념이나 가톨릭 신앙은 식민지의 흑인들에게는 인간으로서 존엄도 신의 영광도 가져다주지 않았다. 반대로 그것들은 흑인을 순종적인 노예나 짐승으로 길들이는 수단, 즉 착취의 이데올로기로 작동하였다. 그래서 이 소설이 식민 지배의 모순을 객관적으로 비판하기 위해 택한 일차적인 전략도 원주민 흑인들의 소외와 비참을 희화하고 풍자하는 것이었다. 소설 속에서 메카가 처한 상황은 너무나 부조리하고 우스꽝스럽게 그려진다. 예컨대 훈장 수여식을 위해 새로 해입은 양복과 새로 사신은 구두가 한낮의 지독한 열기와 합쳐져서 메카에게 견딜 수 없는 물리적인 고통을 유발하는 장면, 그리고 메카가 생리적 욕구를 참느라 몸을 비비 꼬아가면서 하느님께 기도를 드리는 장면 앞에서 독자들로서는 실로 웃음을 참기 어렵다. 지난 시절 '사자인간' '천둥인간' '하늘인간'으로 불렸던 '위대한 메카'는 대체 어디로 가고, 그토록 볼품없고 우스꽝스러운 인간만 남았다는 말인가.

그런데 백인 식민 권력이 약속한 영광을 누리기 위해 그 권력에 복종하느라 인간적 존엄성을 상실해가는 한 흑인 노인의 모습을 통해 결국 희화되고 풍자되는 것은 식민 권력 자체이다. 훈장 수여식장에서 백인 우두머리가 오기를 기다리며 메카는 바늘로 온몸을 찌르는 듯한 물질적 고통 속에서 결국 '나무토막'처럼 뻣뻣하게 굳어간다. 그럼으로써 늙은 흑인 메카는 그 자체로서 식민 지배의 부조리와 폭력성에 대한 강력하고 구체적인 증언이자 고발이 된다.

그리고 소설 속에서는 주로 신부, 전도사, 경찰서장, 사령관 등에 대한 희화와 조롱을 통해 구체화되고 있지만, 결과적으로는 식민지 백인 권력의 폭력성, 비인간성, 비정상성이 야유와 풍자의 대상이 되고 만다.

메카가 속한 흑인 원주민 사회의 차원에서도 그러한 영광과 비참의 역설은 반복된다. 메카의 훈장 수여 소식이 처음 알려졌을 때, 마을 사람들과 친지들, 인근의 모든 사람들은 메카를 영웅으로 여기고 그의 훈장 수여를 부족 전체의 영광으로 간주한다. 무엇보다도 대부분의 흑인들에게 메카는 부러움과 질시의 대상이 된다. 이제 그가 권력자들인 백인들의 '친구'가 되었기 때문이다. 그러나 인용의 첫 단락에도 드러나 있듯이, 백인과 흑인은 상호 간에 서로를 인격적인 존재, 인간적 존엄성을 지닌 존재로 인식하지 못한다. 그들은 서로가 서로에게 '짐승들'이다. 그래서 소설 전체의 주 무대인 둠이라는 고장에서 백인 거주구역과 흑인 거주구역은 철저하게 구분되어 있다. 그리고 오밤중에 술에 취해 혼자 폭우 속을 헤매다가 백인 거주구역을 침범한 메카는 '짐승 같은' 흑인 위병들에게 붙잡혀서 '짐승처럼' 폭력적이고 비인간적인 대우를 받는다. 그리고 경찰서에 끌려가서 거의 반죽음이 되도록 몽둥이찜질을 당한 뒤에, 경찰서장 '새 모가지'의 심문을 받고 풀려난다. 메카에게 훈장 수여의 영광은 축하연 자리에서 만취하도록 마신 술과 함께 흔적도 없이 사라져버린 것이다. 그러나 사실 그날밤에 메카가 겪는 우여곡절을 통해 우리 앞에 드러나는 것은, 메카가 받은 훈장의 화려한 영광이 메카의 실존적인 실추 또는 존재론적인 비참과 동전의 양면을 이룬다는 불편한 진실이다.

소설의 마지막 두장은 그렇게 반죽음이 되어 돌아온 메카를 둘러싸고 마을 사람들과 친지들이 벌이는 일종의 푸닥거리, 액운과 불행을 쫓기 위한 의식 비슷한 것을 보여준다. 여자들의 눈물과 탄식, 오열로 얼룩진 그 푸닥거리에서 메카를 비롯한 음베마 부족의 흑인들을 지배하는 주된 감정은 메카에게 훈장의 영광 대신 반죽음을 선사한 백인들에 대한 배신감, 백인들이 자신들의 모든 것을 파괴해버렸다는 분노, 나이 든 사람의 지혜가 전혀 쓸모없어진 시대에 대한 환멸, 백인들이 주인인 세상에 대한 절망감과 무력감 등이다.

식민지 흑인들의 언어와 전통

소설 속에서 메카의 친지들이 백인들에게 느끼는 배신감과는 전혀 다른 종류의 것이지만, 소설의 중간쯤에서 다음과 같은 구절을 읽을 때 우리가 문득 느끼게 되는 것도 일종의 배신감 비슷한 감정이다.

"덥네요, 그렇죠!" 그가 메카에게 말했다.
"네, 네." 메카가 대꾸했다.
그게 그가 프랑스어로 할 수 있는 말의 전부였다. (110면)

그렇다면 그때까지 소설의 주인공 메카가 말해온 모든 프랑스어(물론 이 책의 독자들은 한국어 번역으로 읽게 될 프랑스어)는 대체 뭐란 말인가. 사실 소설 속에서 메카의 모든 말은 프랑스어로 기술되어 있지만, 그가 실제로 구사하는 유일한 언어는 자기 부족의 언어인 음베마어이다. 다시 말해서 소설 『늙은 흑인과 훈장』에 등장하는 거의 모든 흑인들의 말은 화자 또는 작가에 의해 프랑스어로 번역된 음베마어였던 것이다. 메카의 훈장 수여식 장면, 그리고 메카가 경찰서장 '새 모가지'의 심문을 받는 장면에서 프랑스어와 음베마어를 통역해주는 사람이 등장하는 것도 바로 그런 이유 때문이다.

문제는, 음베마어는 아주 능숙하게 구사하지만 프랑스어는 '예'라는 단어밖에 말할 줄 모른다는 사실이 백인이 지배하는 식민지 사회에서는 메카의 무능력과 열등성의 표지가 된다는 점이다. 나아가서 그들 자신의 땅에서 백인들이 권력자로 군림하게 된 이후로 음베마족의 '모든 것'은 하찮고 미개한 것이 되어버렸다. 다시 말해서 그 이후로 모든 흑인들은 온전한 인간으로서의 형체와 무게를 상실해버렸다. 그래서 엄청난 역설이긴 하지만, 아마도 작가는 음베마 부족의 언어와 관습을 프랑스어로 번역해서라도 보존하고 싶었을 것이다. 흑인들의 언어와 전통이 절대적인 선이고 그들이 상실해가고 있는 사회가 유토피아적인 낙원이어서가 아니라, 식민 지배의 모순과 폭력이 그것들의 존재, 나아가 그들의 존재 자체를 불가능하게 만들었기 때문이다.

특히 소설의 끝부분은 거의 민속지적인 성격을 띠고 있다. 인물들의 입을 빌려서 작가는 불행한 일을 당한 자의 집에 모여 함께 술을 마시면서 위로하는 음베마 부족의 관습을 말하기도 하고, 초주검이 되어 돌아온 메카 앞에서 켈라라와 아말리아가 울부짖듯 읊조리는 한탄과 탄식의 노래를 기록하기도 한다. 액운을 쫓기 위해 울부짖으며 맹렬하게 바닥에 몸을 구르는 여자들의 관습을 묘사하기도 하고, 현란한 춤동작으로 울음을 대신하는 남자의 모습을 묘사하기도 한다. 그리고 어른만이 양의 창자를 먹을 수 있다는 음베마 부족의 관습, 나이 든 어른의 지혜를 존중하는 전통의 중요성도 되풀이해서 언급한다. 그리고 소설 전반부의 많은 부분도 메카의 처남 엥감바와 그의 아내 아말리아, 메카-켈라라 부부의 수많은 일가친척들과 친지들이 메카의 훈장 수여를 축하하기 위해 그의 집으로 몰려와서 며칠 동안 함께 먹고 마시고 잠자는 전통 관습에 대한 묘사로 채워져 있다.

그런데 아프리카 흑인의 그 '모든 것들'이 이제 식민 지배의 폭력 속에서 지난 시절의 빛과 광휘를 상실해가고 있었던 것이다. '늙은 흑인과 훈장'이라는 소설 제목의 대조법적 수사가 강조하고 있는 의미론적 효과도 바로 그런 것이 아닐까 싶다. 요컨대 카메룬의 작가 페르디낭 오요노는 소설 『늙은 흑인과 훈장』에서, 지배-피지배의 폭력적 관계에 의해 병들고 비인간화되어가는 1950년대 아프리카 식민지 사회의 모순을 해학과 풍자의 기법을 동원하여 아주 효과적으로 형상화해놓았다.

심재중(서울대학교 불어불문학과 강사)

작가연보

1929년   9월 14일, 카메룬 남부의 작은 마을 은굴레마꽁에서 태어남.

1939년   초등학교 입학. 초등학교 시절에 어머니를 돕겠다는 생각으로 선
         교사들의 집에서 '보이'(원주민 시동)로 일하기도 함.

1946년   야운데 고등학교 입학. 몇년 뒤 프랑스 중부의 프로뱅스 고등학교
         로 편입.

1954년   재수 끝에 바깔로레아(대학입학자격시험) 합격. 이후 쏘르본 대
         학과 국립행정학교에서 법학과 정치학을 공부.

1956년   빠리에서 소설『어느 보이의 일생』『늙은 흑인과 훈장』출간.

1959년   카메룬으로 돌아감.

1960년   빠리에서『유럽으로 가는 길』출간. 카메룬의 독립과 함께 외교관

생활 시작. 이후 1980년대까지 직업 외교관으로 활동.

1986년 카메룬에서 고위 공무원 생활 시작. 이후 외교부, 문화부 장관 등을 역임.

2010년 카메룬 야운데에서 영면.

발간사

고전의 새로운 기준, 창비세계문학

오늘날 우리는 인간의 존엄과 개성이 매몰되어가는 시대를 살고 있다. 물질만능과 승자독식을 강요하는 자본주의가 전지구적으로 확산되면서 현대사회는 더 황폐해지고 삶의 질은 크게 훼손되었다. 경제성장만이 최고의 선으로 인정되고 상업주의에 물든 문화소비가 삶을 지배할수록 문학은 점점 더 변방으로 밀려나고 있다. 삶의 본질을 성찰하는 문학의 자리가 위축되는 세계에서는 가진 자와 못 가진 자 할 것 없이 모두가 불행할 수밖에 없다.

이 시대야말로 인간답게 산다는 것의 의미가 무엇인지 근본적인 화두를 다시 던지고 사유의 모험을 떠나야 할 때다. 우리는 그 여정에 반드시 필요한 벗과 스승이 다름 아닌 세계문학의 고전이라는 점을 강조한다. 고전에는 다양한 전통과 문화를 쌓아올린 공동체의 경험이 녹아들어 있고, 세계와 존재에 대한 탁월한 개인들의 치열한 탐색이 기록되어 있으며, 새로운 세상을 꿈꾸는 아름다운 도전과 눈물이 아로새겨 있기 때문이다. 이 무궁무진한 상상력의 보고이자 살아 있는 문화유산을 되새길 때만 개인의 일상에서 참다운 인간적 가치를 실현하고 근대적 삶의 의미와 한계를 성찰하는 지혜를 얻을 수 있을 것이다.

'창비세계문학'은 이러한 문제의식에서 출발한다. 세계문학의 참의미를 되새겨 '지금 여기'의 관점으로 우리의 정전을 재구성해야 할 필요성이 그 어느 때보다 절실하다. '정전'이란 본디 고정된 목록으로 존재하는 것이 아니라 그때그때 주어진 처소에서 새롭게 재구성됨으로써 생명을 이어가는 것이다. 우리는 먼저 전세계 문학들의 다양성과 차이를 존중하면서 국가와 민족, 언어의 경계를 넘어 보편적 가치에 기여할 수 있는 가능성에 주목하고자 한다. 근대를 깊이 성찰한 서양문학뿐 아니라 아시아와 라틴아메리카, 중동과 아프리카 등 비서구권 문학의 성취를 발굴하고 재평가하는 것 역시 세계문학의 지형도를 다시 그리려는 창비의 필수적인 작업이 될 것이다.

여러 전집들이 나와 있는 세계문학 시장에서 '창비세계문학'은 세계문학 독서의 새로운 기준이 되고자 한다. 참신하고 폭넓으면서도 엄정한 기획, 원작의 의도와 문체를 살려내는 적확하고 충실한 번역, 그리고 완성도 높은 책의 품질이 그 기초이다. 독서시장을 왜곡하는 값싼 유행과 상업주의에 맞서 문학정신을 굳건히 세우며, 안팎의 조언과 비판에 귀 기울이고 독자들과 꾸준히 소통하면서 진정 이 시대가 요구하는 세계문학이 무엇인지 되묻고 갱신해 나갈 것이다.

　1966년 계간 『창작과비평』을 창간한 이래 한국문학을 풍성하게 하고 민족문학과 세계문학 담론을 주도해온 창비가 오직 좋은 책으로 독자와 함께해왔듯, '창비세계문학' 역시 그러한 항심을 지켜나갈 것이다. '창비세계문학'이 다른 시공간에서 우리와 닮은 삶을 만나게 해주고, 가보지 못한 길을 걷게 하며, 그 길 끝에서 새로운 길을 열어주기를 소망한다. 또한 무한경쟁에 내몰린 젊은이와 청소년들에게 삶의 소중함과 기쁨을 일깨워주기를 바란다. 목록을 쌓아갈수록 '창비세계문학'이 독자들의 사랑으로 무르익고 그 감동이 세대를 넘나들며 이어진다면 더없는 보람이겠다.

2012년 가을
창비세계문학 기획위원회
김현균 서은혜 석영중 이욱연 임홍배 정혜용 한기욱

창비세계문학 33

늦은 흑인과 훈장

초판 1쇄 발행/2014년 7월 10일

지은이/페르디낭 오요노
옮긴이/심재중
펴낸이/강일우
책임편집/심하은
펴낸곳/(주)창비
등록/1986년 8월 5일 제85호
주소/413-120 경기도 파주시 회동길 184
전화/031-955-3333
팩시밀리/영업 031-955-3399 편집 031-955-3400
홈페이지/www.changbi.com
전자우편/lit@changbi.com

한국어판 ⓒ (주)창비 2014
ISBN 978-89-364-6433-2 03860